함께
오늘을
그린다는
것

이석구 지음

문학동네

설거지를 마치고 소파에 반쯤 눕듯이 걸터앉았다. 뭔가 재밌는 일 없냐는 표정으로 딸이 스리슬쩍 다가왔다. 일어나서 놀아 줄 것 같지 않은 내 옆에서 한참 수다를 떨던 딸이 불쑥 물었다.

"아빠, 어른이 되면 다 알게 돼?"

곰곰이 생각할 것도 없다. 세상은 모르는 것투성이고, 모르는 것은 나이가 들면 들수록 더 많아지면 많아졌지 적어지진 않았으니까. 게다가 성인이 되고 나서는 확실한 게 거의 없다시피 했다.

"글쎄, 아빠는 어른이 되고 나서 모르는 게 더 많아지고, 이해가 안 되는 것투성이더라고."

내 대답을 듣더니 나 들으라는 말인지 아니면 혼잣말인지 알 수 없게 딸이 중얼거렸다.

"그래서, 아빠가 그렇구나…"

출간한 그림책이 한 권 한 권 쌓이면 내가 하고 싶은 게 뭔지 조금은 더 명확해지지 않을까 생각했으나 현실은 전혀 그렇지 않았다. 그림책이 아닌 딸 이야기로 책을 내게 될 줄도 전혀 생각지 못했다.

'내가 그래서 그런 거였나…'

외부 회의 자리에서 가방을 열었다가 딸이 등원하며 넘기고 간 곰 인형이 튀어나와 깜짝 놀랐던 일(그 친구의 이름은 '안녕곰'이었다), 밍밍한 라볶이의 맛을 조금은 즐기게 된 일(그렇지만 언제쯤 칼칼하게 먹을 수 있을까), 아주 긴 코끼리 미끄럼틀에 관심만 보이고 타지 못하는 딸 대신 혼자 느낀 스릴(으아아아아아).

딸이 아니었다면 알지 못했을 순간들이 한 장 한 장 쌓여 간다. 늘 반복되는 것 같지만 똑같지는 않은 하루. 사소하지만 아름다운 하루. 우리가 함께 그리는 하루들이다.

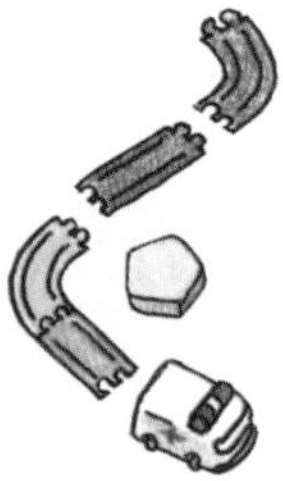

2021년 봄,

이석구

곰곰. 낙낙.

너와
나의
처음

딸이 태어났다.

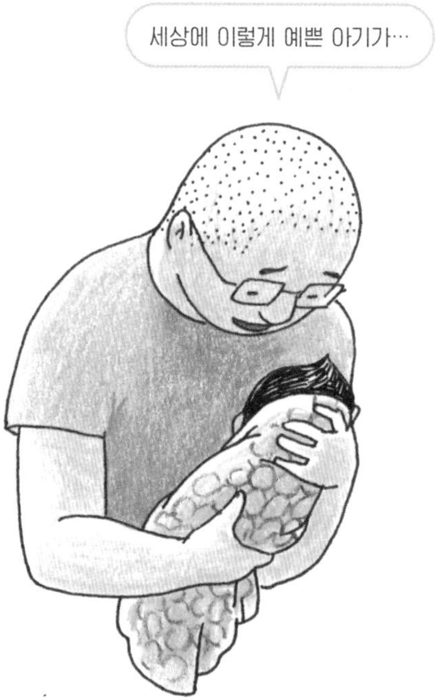
세상에 이렇게 예쁜 아기가…

또 있을까?

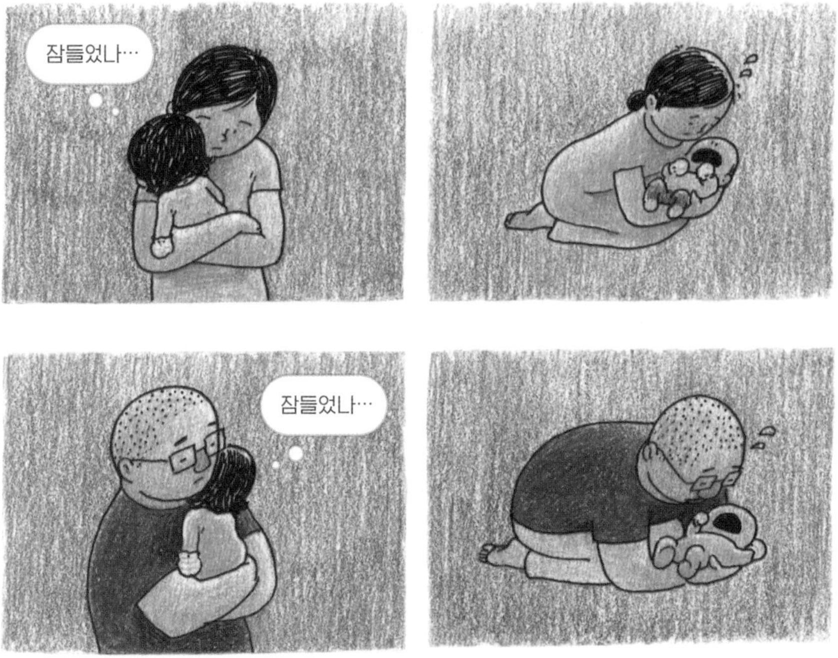
잠들었나…
잠들었나…

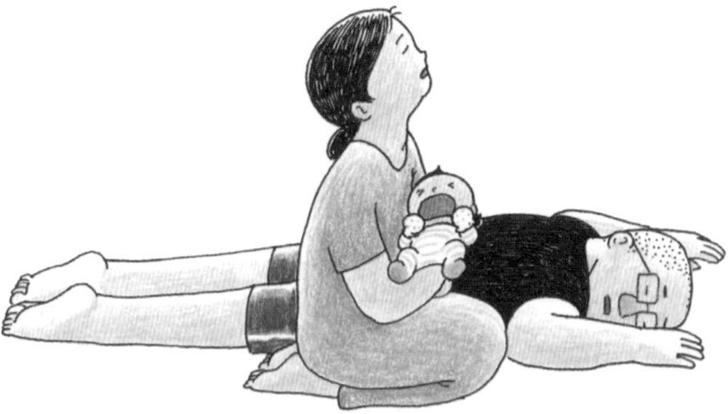

하지만, 들뜬 기분도 잠시…

잠 못 드는 날들은 이어지고, 끝나지 않을 것만 같더니 어느새,

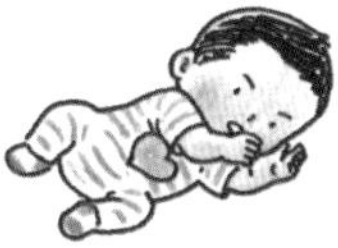

뒤집고

뭐든 입에 넣고

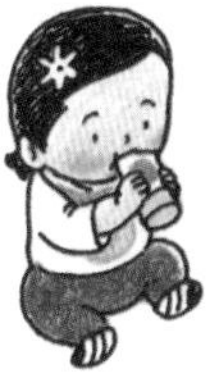

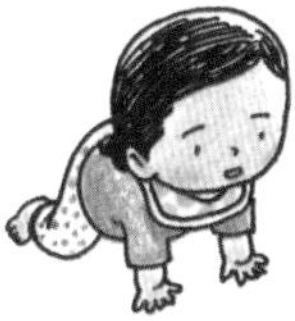

기어 다니고

일어서고, 걷고

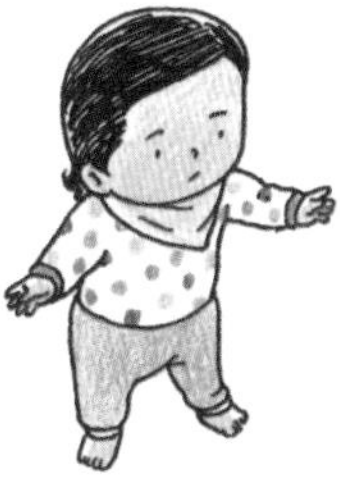

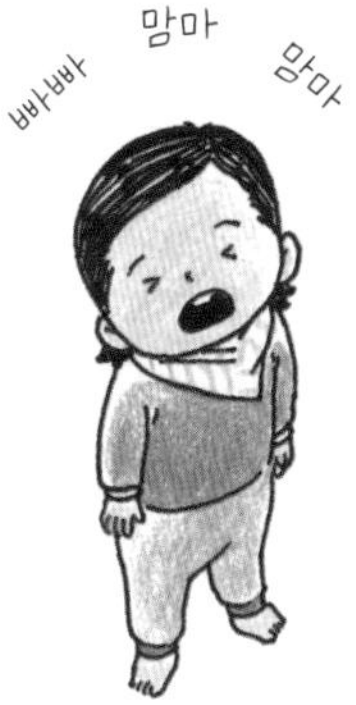
빠빠
망마
망마

말하기 시작했다.

고마마.

케꾸꾸.

눈냠냠.

멍멍이는 어떻게 울어?
멍멍!
야옹이는?
야옹야옹.
개구리는?
개굴개굴.
그럼 곰은?
…곰곰?

며칠 후,

^^
안녕.
난 곰이라고 해. 곰곰.
난 낙타라고 해. 낙낙.

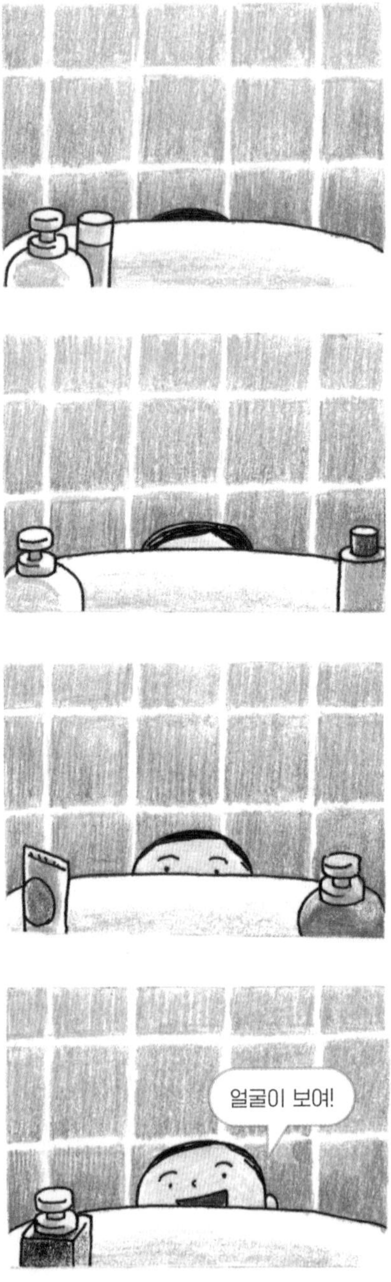
얼굴이 보여!

아이는 날마다 자랐고,

함께하는 일상에서

소소하게 재밌는 일들이 늘어났다.

08

미니 츄컴래!

재밌다,
그치?

첫 숨바꼭질

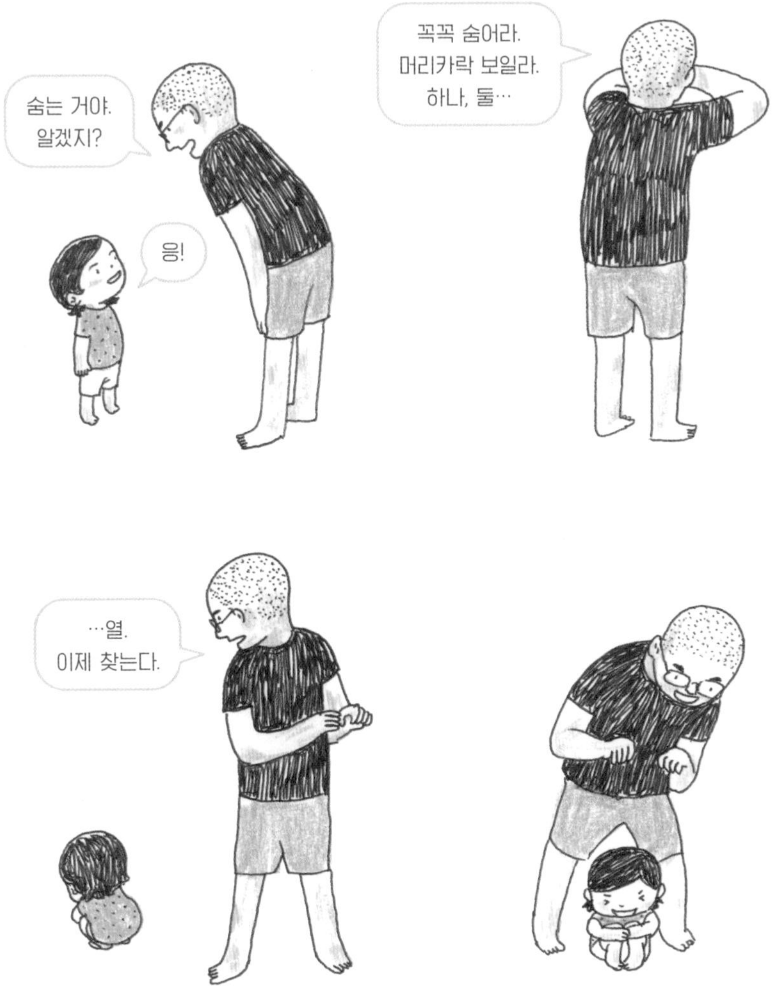
숨는 거야.
알겠지?
응!
꼭꼭 숨어라.
머리카락 보일라.
하나, 둘…
…열.
이제 찾는다.

미니 츄컹래

어린이집에서 익혀 온 말,

미니 츄컹래.
뭐죠?
그러게
요즘 자주 하네요.

미니 츄컹래!
미니 특공대

한참이 지나 장을 보다 알게 되었다.

오랫동안 풀리지 않던 의문이 해소된 순간!

매일 자라는 너

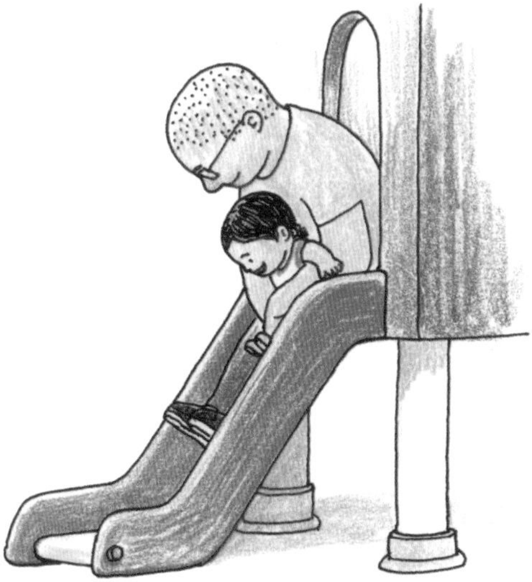

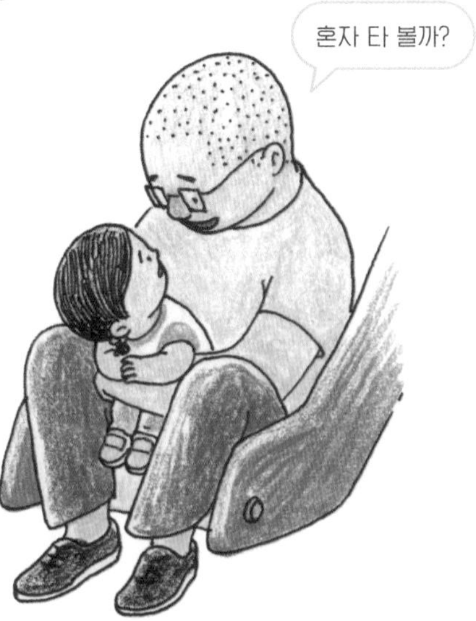
혼자 타 볼까?

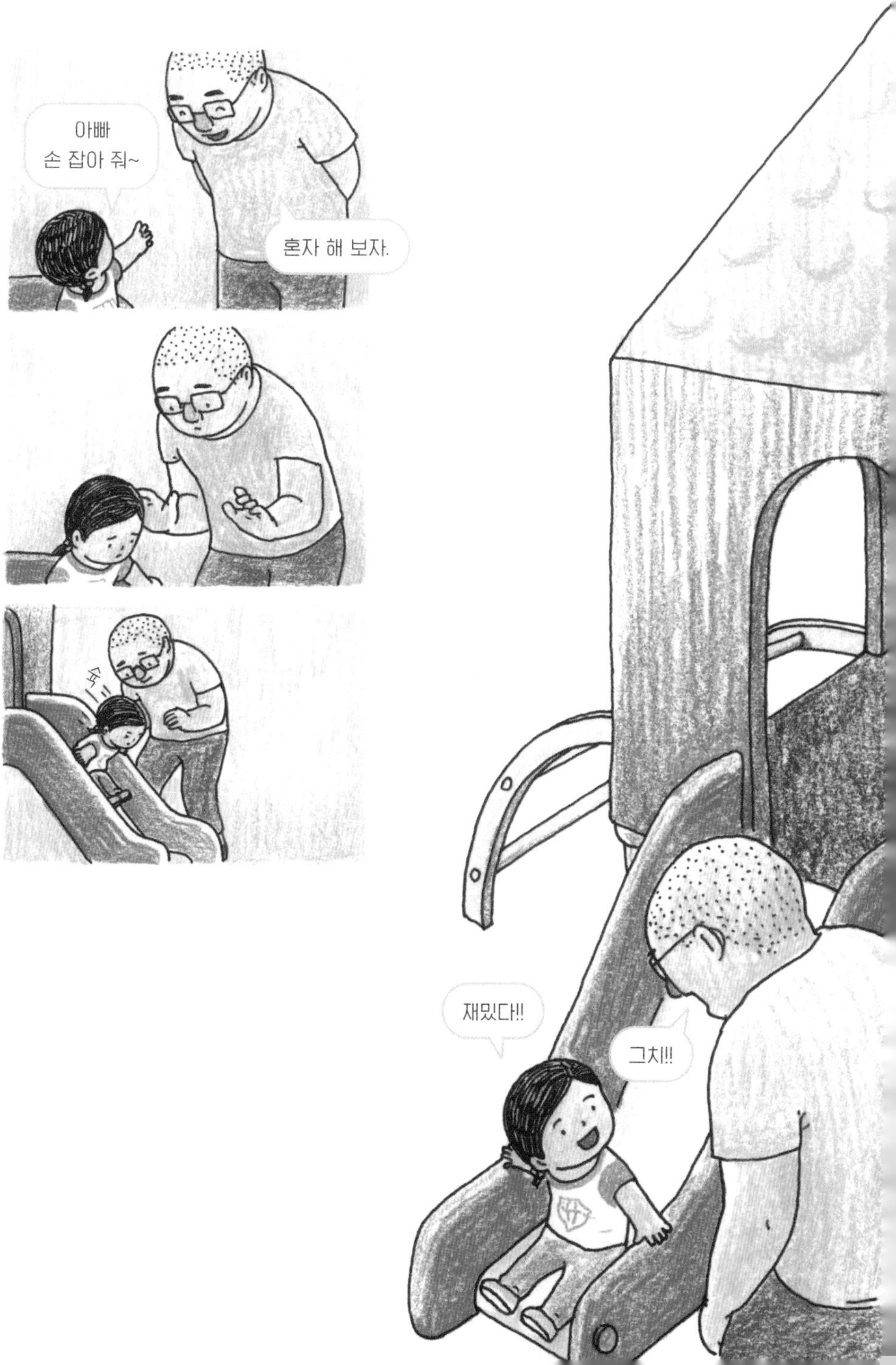
아빠
손 잡아 줘~
혼자 해 보자.
슉
재밌다!!
그치!!

확실한 반응

외출하고 돌아올 때는 문 앞에서 일부러 초인종을 누른다.

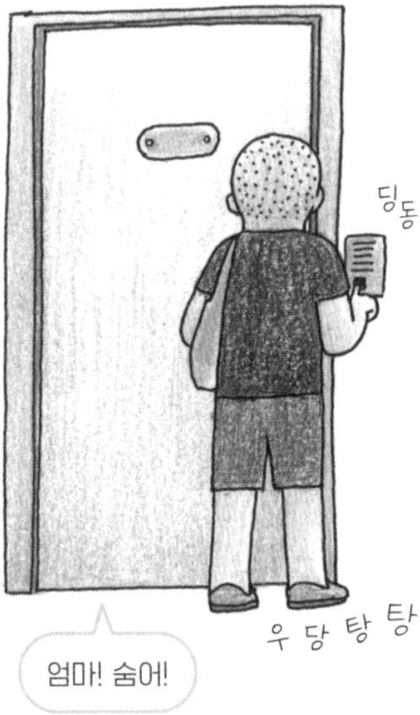
딩동
우 당 탕 탕
엄마! 숨어!

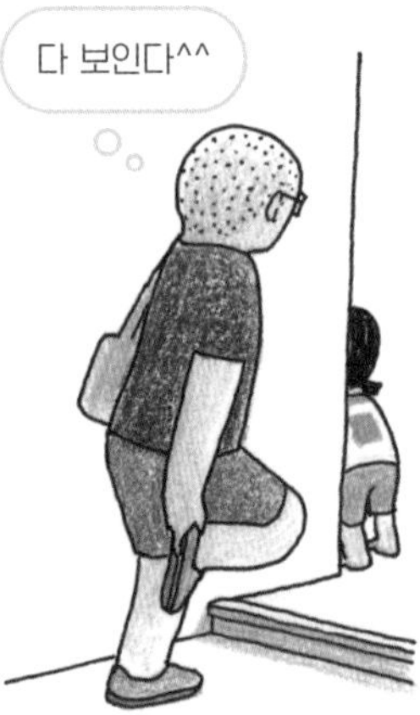
다 보인다^^

중요한 건 뛰어난 연기력으로
엄청 놀란 척하는 것이다.

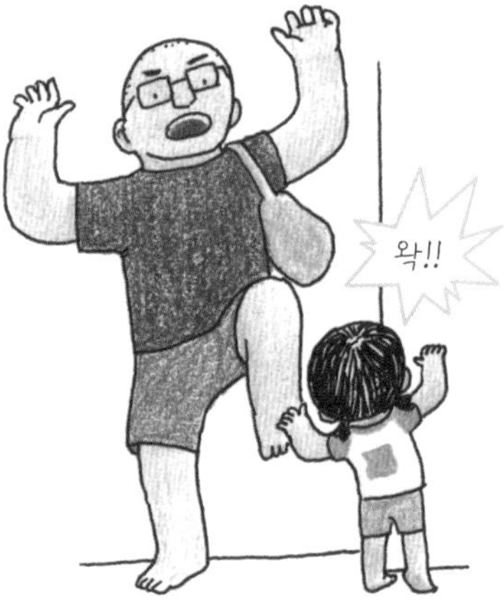
왁!!

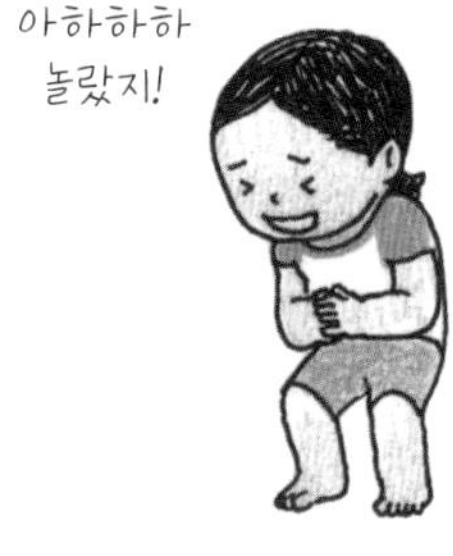
아하하하
놀랐지!

같은 옷 다른 느낌

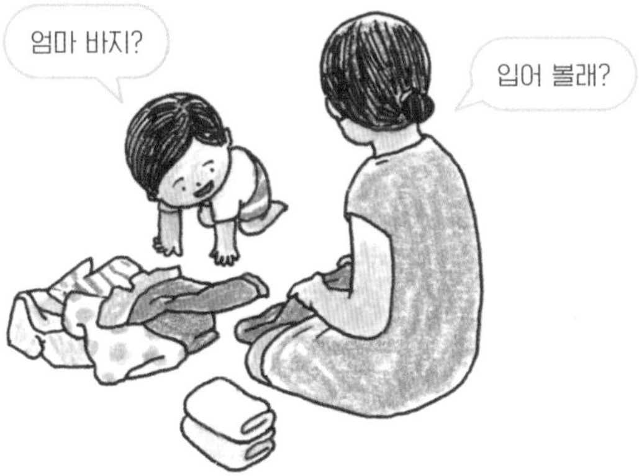
엄마 바지?
입어 볼래?

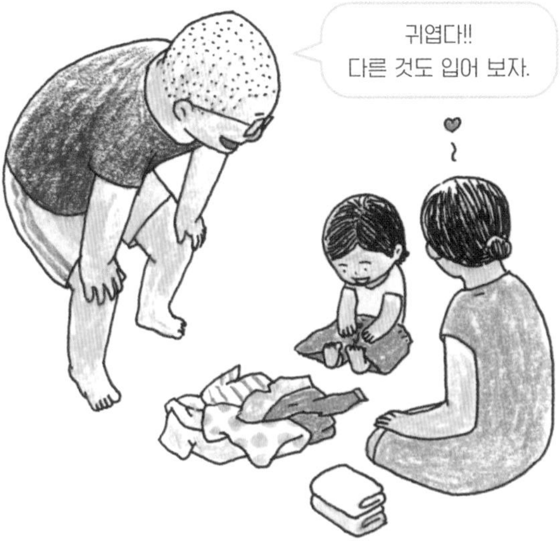
귀엽다!!
다른 것도 입어 보자.

제다이 같다!!

수염

짜장면 먹다
불려 나온…

해적인가?

피자 먹을 때면
조커 소환!

우유를 마셔도

수염이 생긴다.

초코우유를

빨리 마실 때.

흰 우유를

천천히 마실 때.

딸기를 먹다가

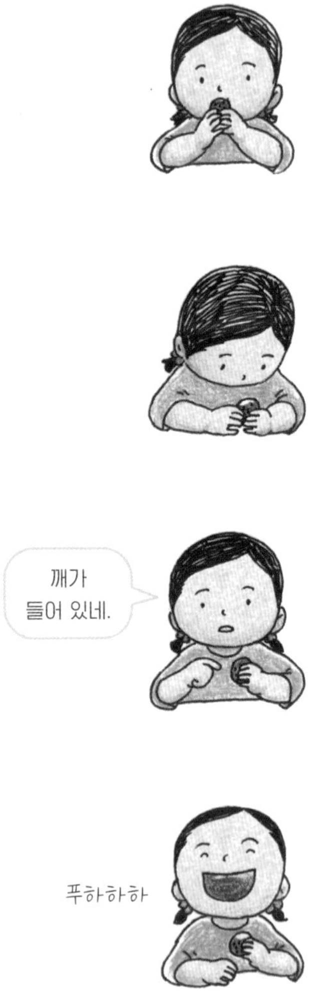
깨가 들어 있네.
푸하하하

영유아 검진

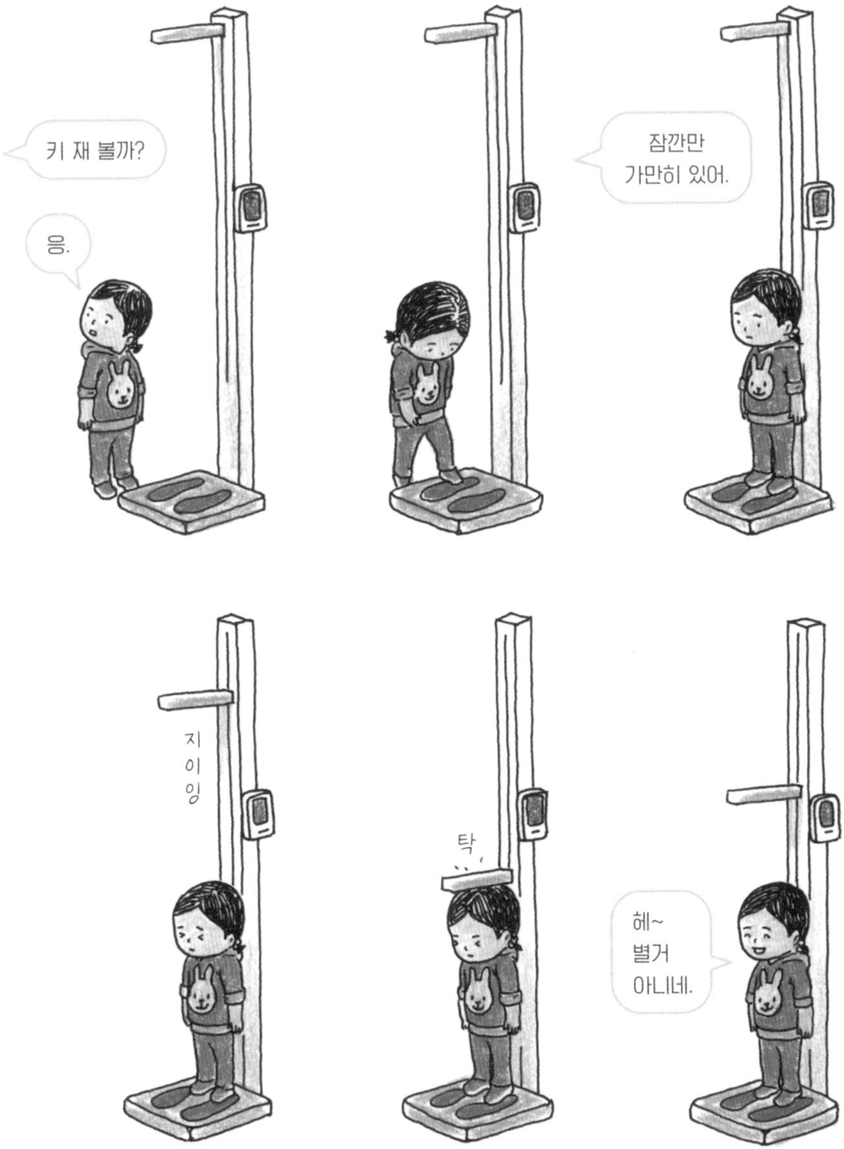
키 재 볼까?
응.
잠깐만
가만히 있어.
지
이
잉
탁
헤~
별거
아니네.

의사 선생님이 대근육 발달을 위해 활동을 좀 하래요.
좋아… 딸!! 밖에서 놀자!
응!

왜 본인 대근육을…
와아~

책 읽어 주기

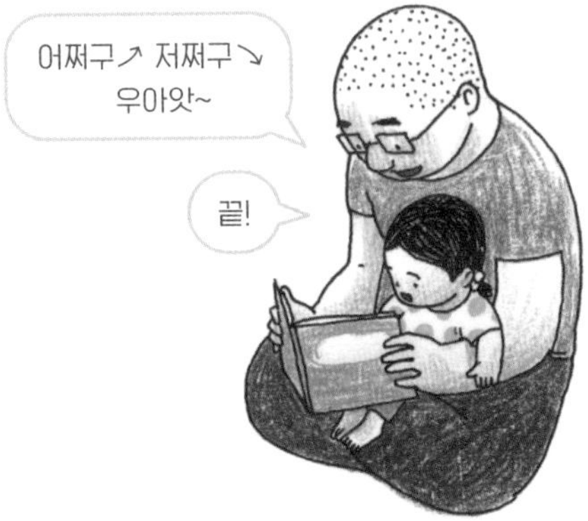
어쩌구↗ 저쩌구↘
우아앗~
끝!

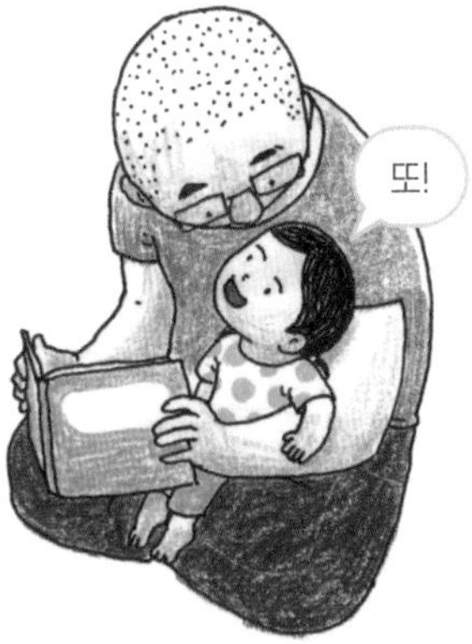
또!

너무 재미있게 읽어 주면 계속 읽어야 할 수 있다.

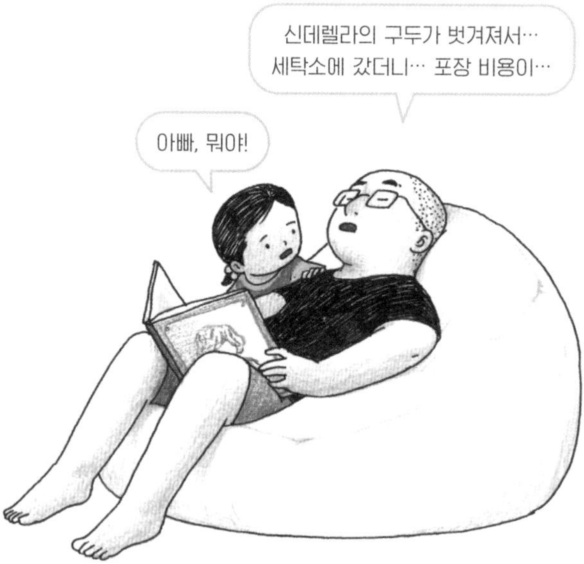
아빠, 뭐야!
신데렐라의 구두가 벗겨져서…
세탁소에 갔더니… 포장 비용이…

하지만, 뜻대로 안 될 때도 있는 법이다.

아빠도 좀 앉자.
좁아~

으하하하
꺄르르르

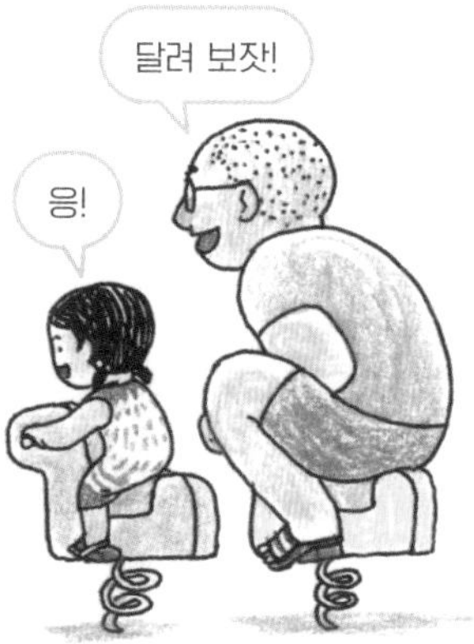
달려 보잣!
응!

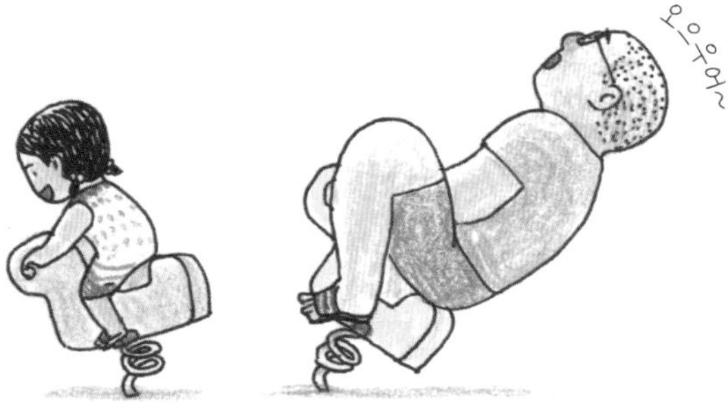
오으우어~

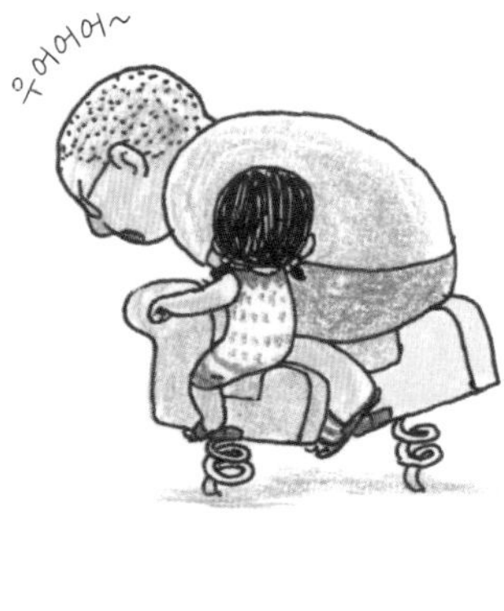
우어어어~

어른이 타면 안 되려나. 부서지려나…

성격

엄마,
배고파.
아이쿠, 그래?
빨리 밥
먹으러 가자.
여보, 그게 아닌 거 같은데…
과자

직접적인 요구를 잘 못하는 우리 부부는
서로의 어린 시절을 떠올린다. 그래도 나는 종종 떼를 부렸는데
특히 먹을 것에 그랬다.

나 저거
잘 먹는데.
물끄러미
쳐다보기
어렸을 때 나
어렸을 때 아내

생애 처음 장난감에 꽂힌 날

뭐 해?
소리가 난대…
불도 켜진대…
이런 건 우리 집에 없는데…
진짜 좋다…

결국, 명절에 받은 용돈으로 사 줬다.

내가 내가

내가 할 거야!!
삑
꼴꼴꼴
날아랏!

스스로 해 보고 싶어 할 때, 익숙하지 않아 느리고
옆길로 새기 일쑤지만 참고 기다리려고 한다.

참견

일기 그려?
난 또 내복이네.

작업하고 있으면 뭘 그리는지 궁금해한다.

왜 맨날 내복이야?
네가 집에만 있잖아.

근데, 다 그린 거야?
응.
재미없네.

너도 늘 재밌는 건 아니거든!

눈 온다!!
나갈까?
응!!

따뜻하게 입고 나가요.
네.
같이 가.
와!!

완성.
이제 슬슬 집에 갈까?
눈사람은?
음… 데려갈까?
응! 내가 데꾸 가께.

점심 먹자.
목욕하자.
자자.

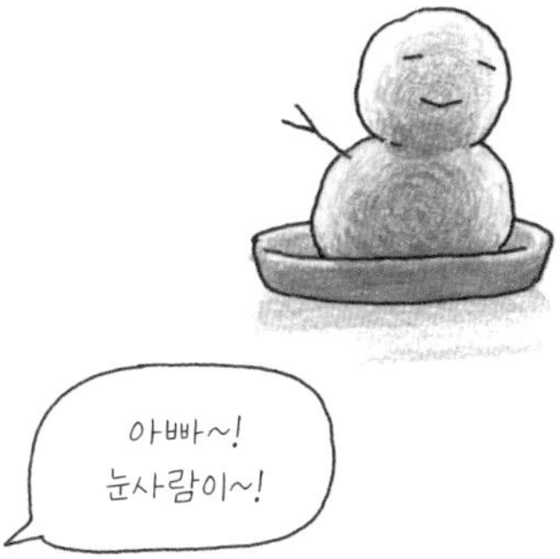
아빠~!
눈사람이~!

겨울 내내 냉장고에 머물렀던 눈사람.

놀이터 가도 돼?

내가
할게!

유치원 가는 길

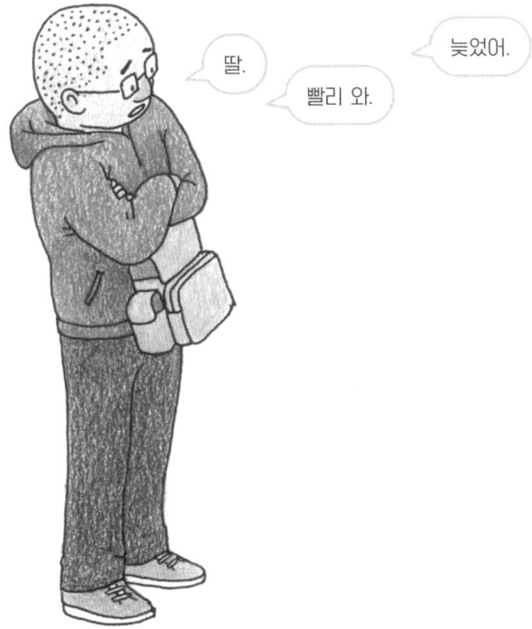
딸.
빨리 와.
늦었어.

유치원까지는 보통 걸음으로 십 분 거리이지만
딸과의 등원길은 이십 분이 넘게 걸린다.
재촉도 해 보았지만 그랬다가 삐치면 달래느라 더 늦는다.
어느 순간부터 마음을 내려놓고 딸의 속도에 맞추어 걷는다.
그러다 보니 길에서 다양한 걸 발견한다.
사람 손이 닿을 만한 위치에 잘못 만든 새 둥지라든지
매미가 남겨 놓은 굼벵이 껍질이라든지…

메소드 연기

아빠…
절뚝
절뚝

어제 하원길에 유치원 친구가 손을 잡고 끄는 바람에
넘어지면서 무릎이 까졌다. 오늘 견학이 있어 어떻게 해야 할지
잠깐 고민했으나 큰 상처는 아니니까 보내기로 했다.
아침 등원길 내내 다리를 절룩절룩해 걱정이 되었다.
하원 시간이 되어 데리러 갔더니…

선생님 오늘 견학…
뛰어다니고 아주 잘 놀았어요.
아빠! 놀이터 가도 돼?

어? 어…

여름밤

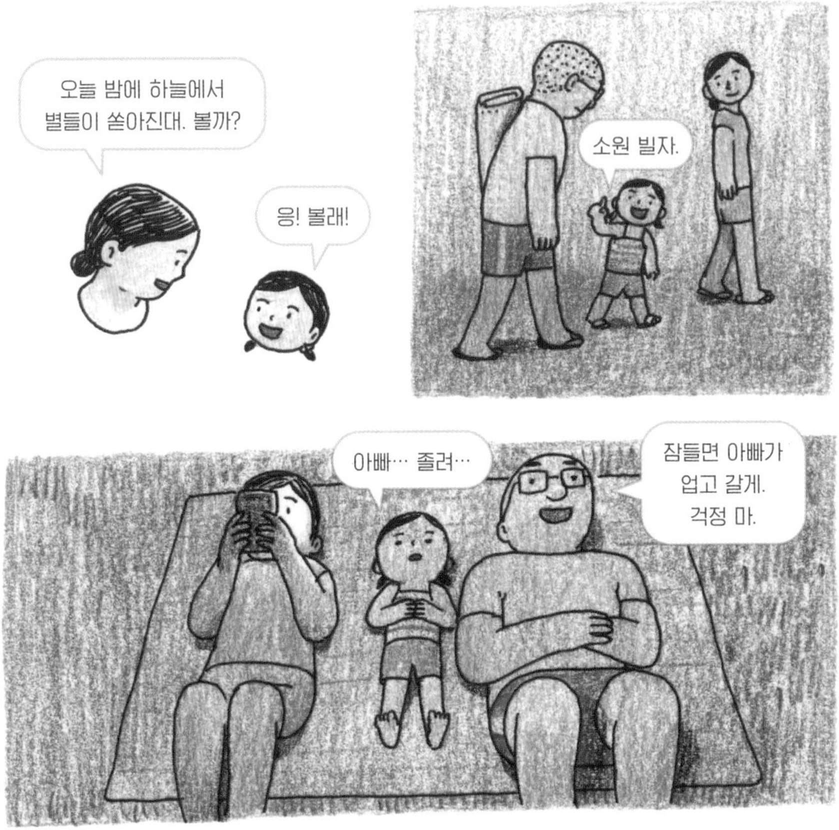
오늘 밤에 하늘에서 별들이 쏟아진대. 볼까?
응! 볼래!
소원 빌자.
아빠… 졸려…
잠들면 아빠가 업고 갈게. 걱정 마.

한여름 무더위에
뜨끈뜨끈한 딸까지 업고 있으니
땀이 줄줄 흘렀다.
꿈속에서라도 소원을 빌었을까?

비 온 뒤

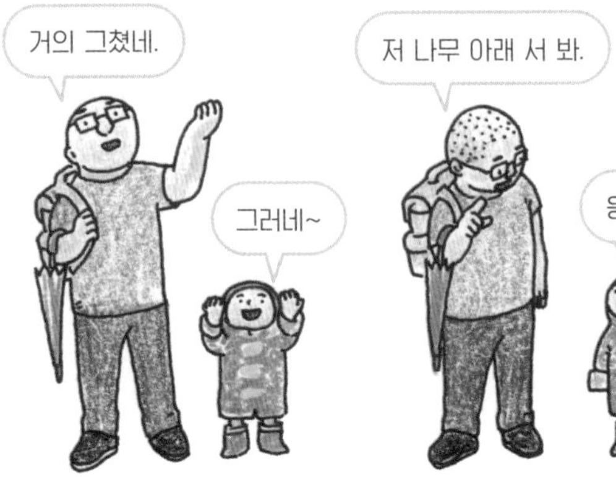

거의 그쳤네.
그러네~
저 나무 아래 서 봐.
응!!

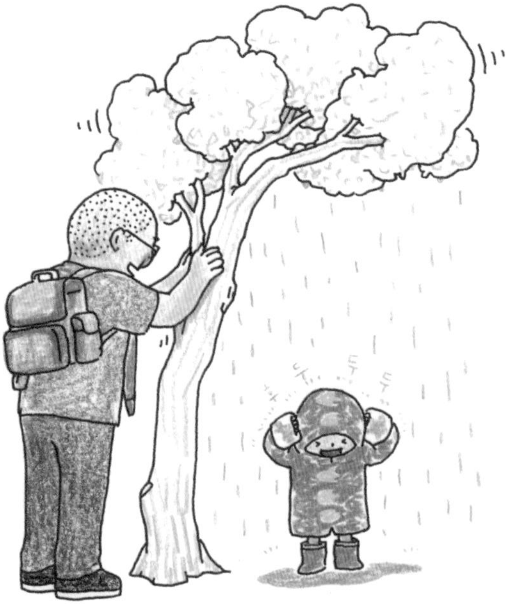

후두.. 두두

찰랑
찰박찰박
첨벙!

자동반사

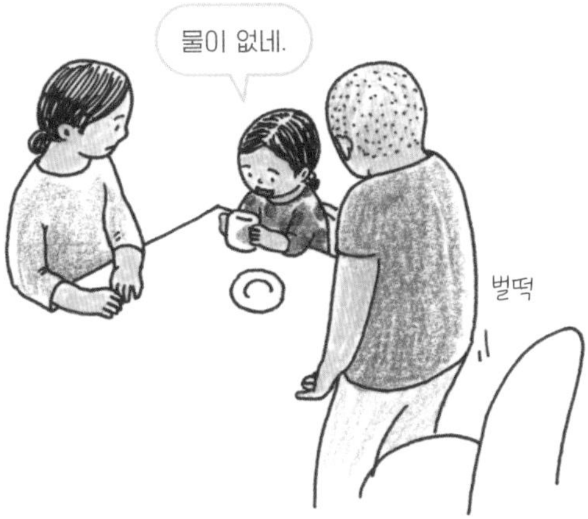
물이 없네.
벌떡

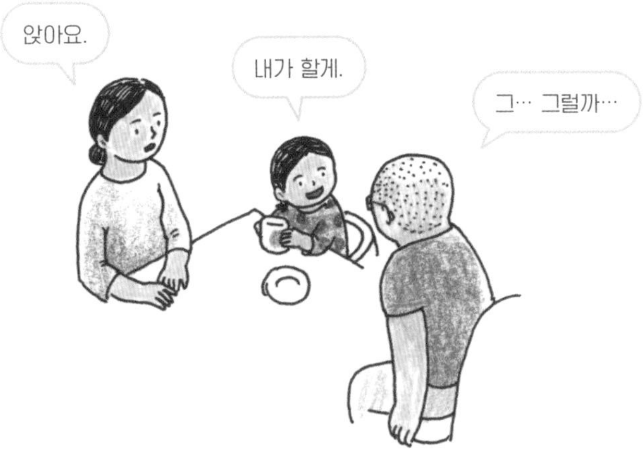
앉아요.
내가 할게.
그… 그럴까…

한꺼번에 싸 주고
자기 밥 먹어요.
그럼, 눅눅해져서
식감이…
우물우물

구운 생김에 밥을 싸서 간장 찍어 먹는 간단한 아침 메뉴.
먹는 속도에 맞춰 만들어 준다.

노래 취향1

오늘은 아빠 듣고 싶은 거
좀 들어도 될까?
응!

재즈 음악을 틀었더니,

오호.
레스토랑 같은데?

혼자 길을 걸을 때 나도 모르게
딸이 즐겨 듣는 노래를 흥얼거리다 흠칫 놀라곤 한다.

어린이의 인생 후회

살면서 후회되는 거 있어?
맛있는 거 못 먹은 거?

어릴 때 기억이 별로 없는데
그중 음식에 대한 기억이 여럿인 걸 보면
나도 먹을 것을 꽤 좋아했던 것 같다.

마음먹기 나름

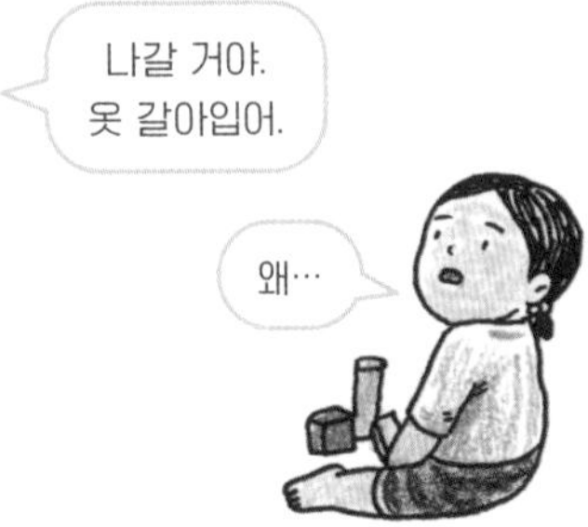
나갈 거야. 옷 갈아입어.
왜…

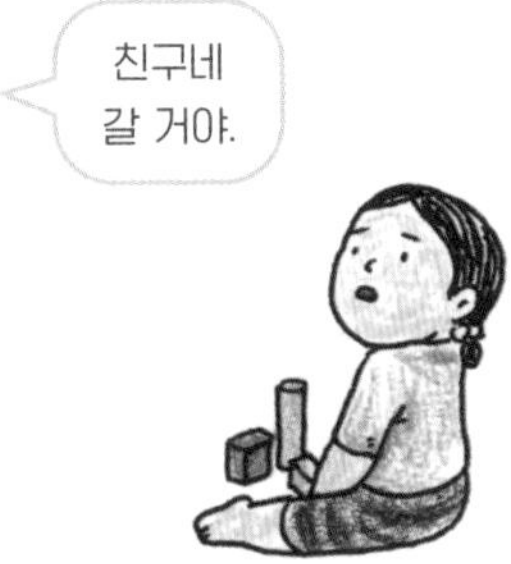
친구네 갈 거야.

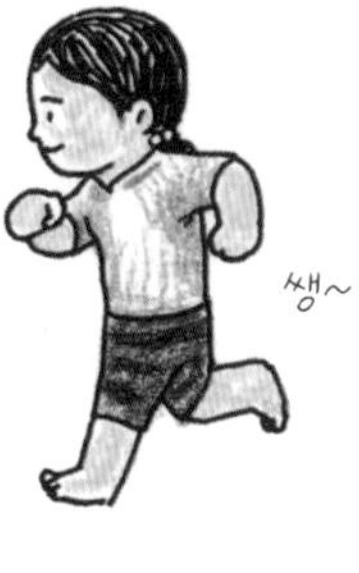
쌩~

잠시 후,

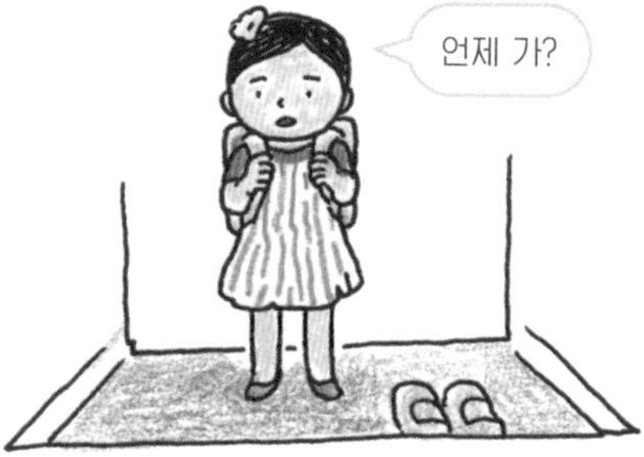
언제 가?

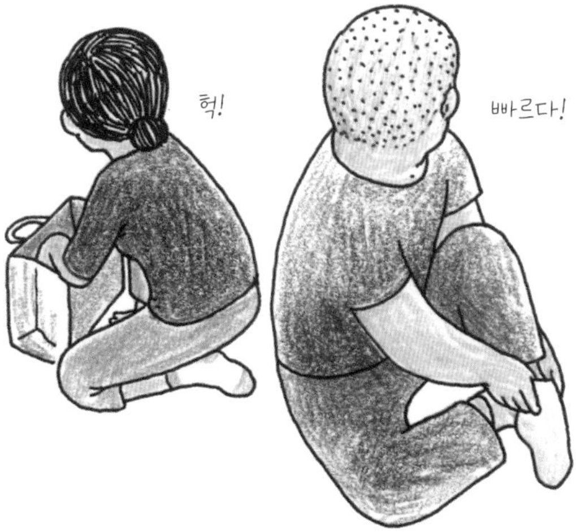
헉!
빠르다!

짧은 열정

장 보러 갔다가 식물을 샀다.

내가 도와줄게.
음악 들려줄게.
목 마르지.
잘 자라렴.

열정은 그리 오래가지 못했다.

물 줬어?
으응.

자주 하는 말

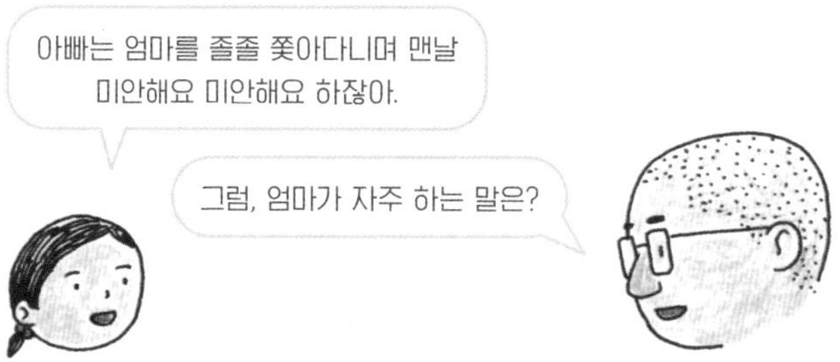
아빠는 엄마를 졸졸 쫓아다니며 맨날
미안해요 미안해요 하잖아.
그럼, 엄마가 자주 하는 말은?

아휴~ 진짜.
…

깨닫지 못하고 있는 사실들을 알려 주는 딸.

전생

땅이나 모래만 보면 판다.

전생에 두더지였으려나?

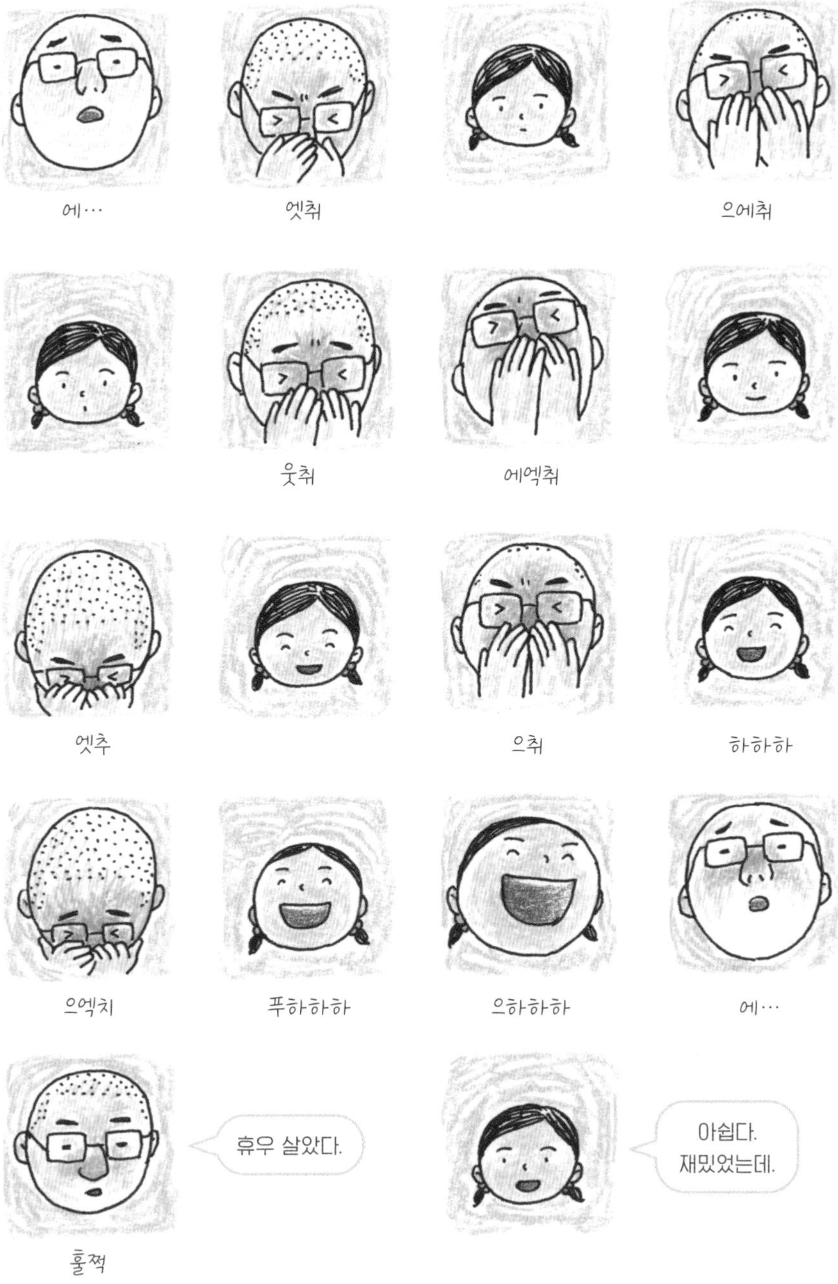
에…
엣취
으에취
웃취
에엑취
엣추
으취
하하하
으엑치
푸하하하
으하하하
에…
휴우 살았다.
훌쩍
아쉽다.
재밌었는데.

잘 준비

딸이 골라 온 책을 읽어 준다.

냉장고 앞에서 함께 찬물을 한 잔 마신다.

침실까지 다양한 방법으로 데려다준다.

들어서 던지는 걸 좋아한다.

자주 해 주다 보니 이름도 붙였다.

슈퍼 점프.

깔깔깔

그러게…

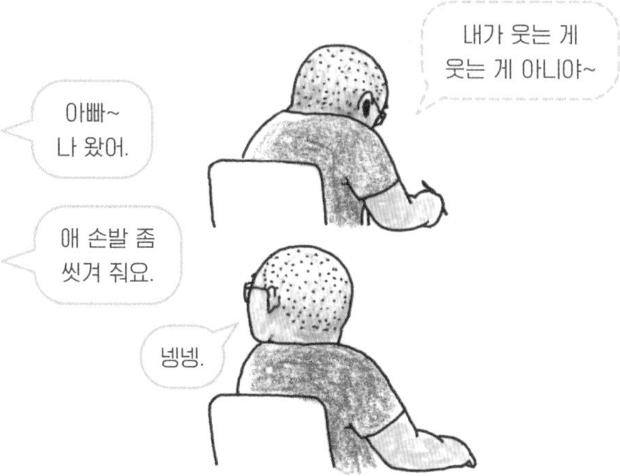
내가 웃는 게 웃는 게 아니야~
아빠~ 나 왔어.
애 손발 좀 씻겨 줘요.
넹넹.

나도 모르게 듣고 있던 노래를 흥얼거렸나 보다.

내가 웃는 게 웃는 게 아니야~ 또 내가 걷는 게 걷는 게 아니야~
그럼 뭐 하는 건데?

어… 그… 글쎄…

그건 좀…

너같이 약해 빠진 녀석은 필요 없다.
왜! 청소 같은 걸 시키면 되잖아!!

만화에서 나온 말에 딸이 외쳤다.

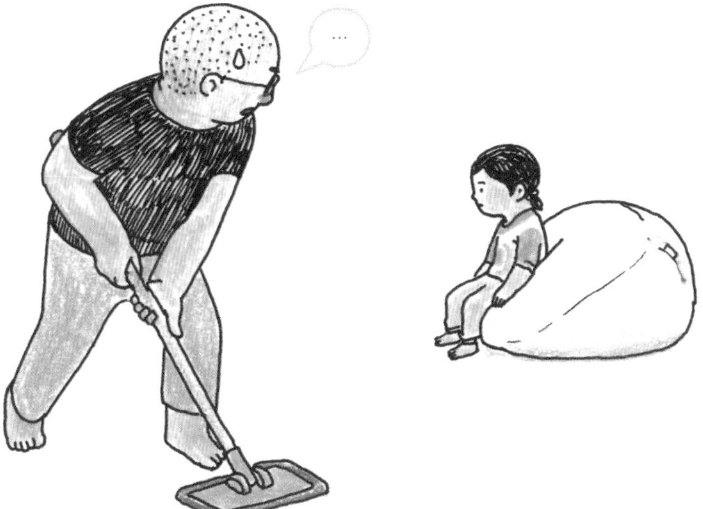
…

이봐! 그… 그건 좀 그렇지 않아?!

습관

딩동
누↗구↘시옵니까↗

하원 시간 내가 집에 있는 걸 알고도 초인종을 누르는 딸을
재밌게 해 주기 위해 다양한 목소리로 맞이한다.

어느 날, 딸이 돌아올 무렵 벨소리가 울려 뛰어나갔다. 딩동

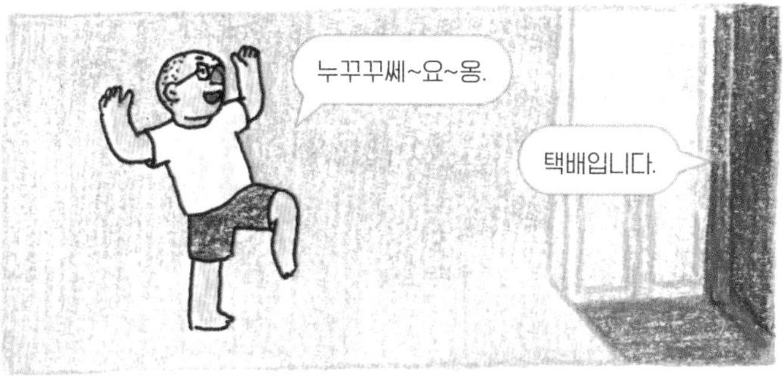
누꾸꾸쎄~요~옹.
택배입니다.

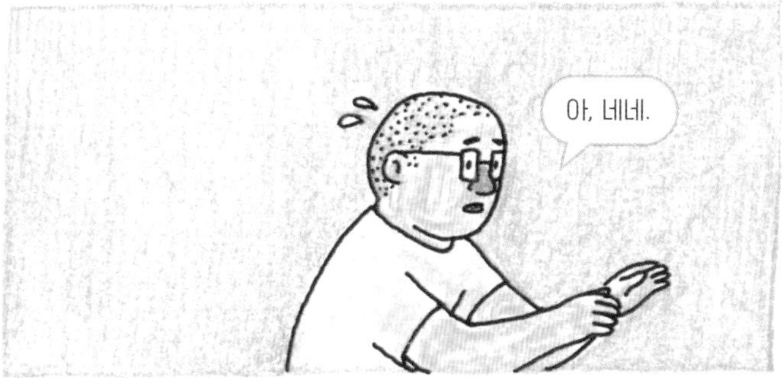
아, 네네.

여름의 시작

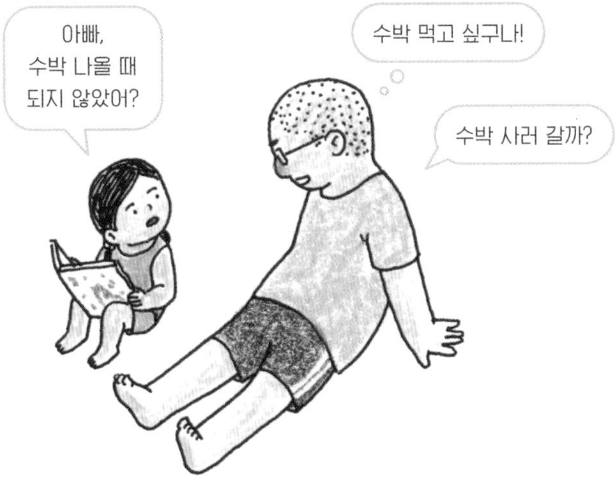
아빠,
수박 나올 때
되지 않았어?
수박 먹고 싶구나!
수박 사러 갈까?

아빠 젊었을 때 한번에
수박 반 통 먹은 적도 있다!
와~ 그래서
아빠 배가 수박만 한가!

딸과 나 둘 다 수박을 좋아해서
매년 여름마다 수박을 꽤 여러 통 먹는다.
크기는 늘 특대! 여름의 즐거움.

아빠!

나는 민달팽이!

무슨
생각을
하고 있니

직접 해 보고 깨달은 것

나는 민달팽이!

영차 영차

이래서, 달팽이가 느린가 봐.

이번엔
베개 바다거북

아무리 봐도 모르겠는 것

즐겁구나…
ㅋ ㅋ ㅋ ㅋ ㅋ

ㅋ ㅋ ㅋ ㅋ ㅋ ㅋ

저러고 한참을 키득거린다.

도대체 무슨 생각을 하고 있을까 궁금하다.

꿈

어릴 때

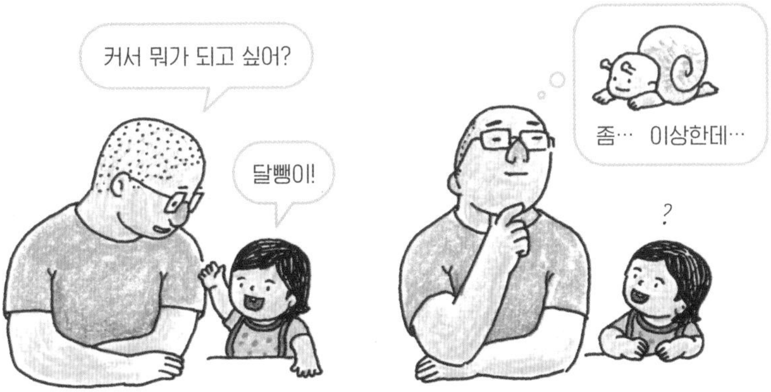
커서 뭐가 되고 싶어?
달빵이!
좀… 이상한데…
?

요즘

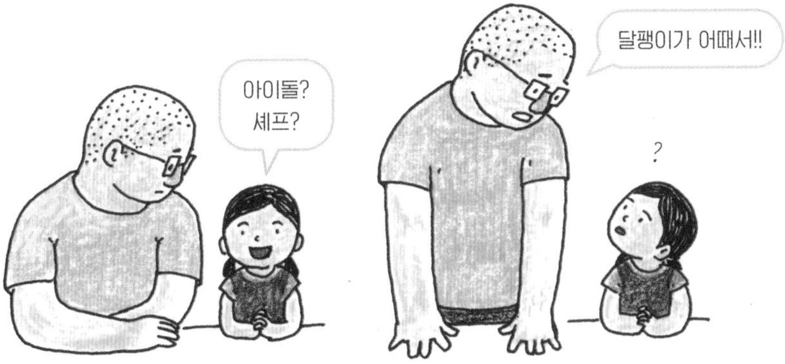
아이돌?
셰프?
달팽이가 어때서!!
?

꿈은 계속 변화 중

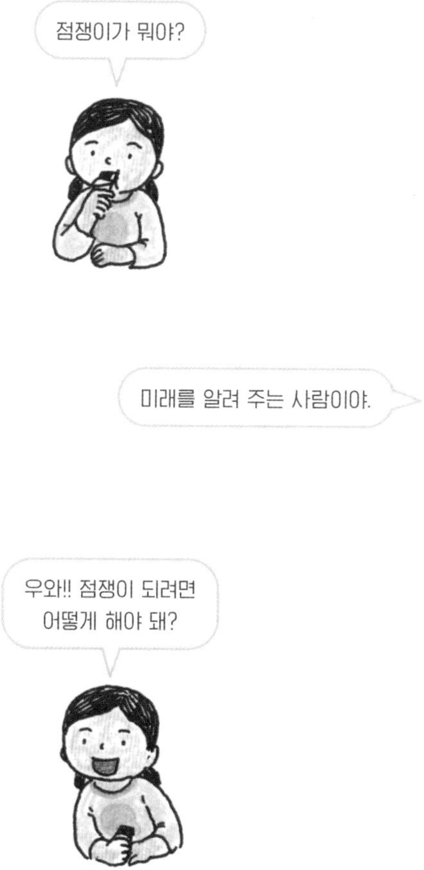
점쟁이가 뭐야?
미래를 알려 주는 사람이야.
우와!! 점쟁이 되려면
어떻게 해야 돼?

다리 모아 줘.

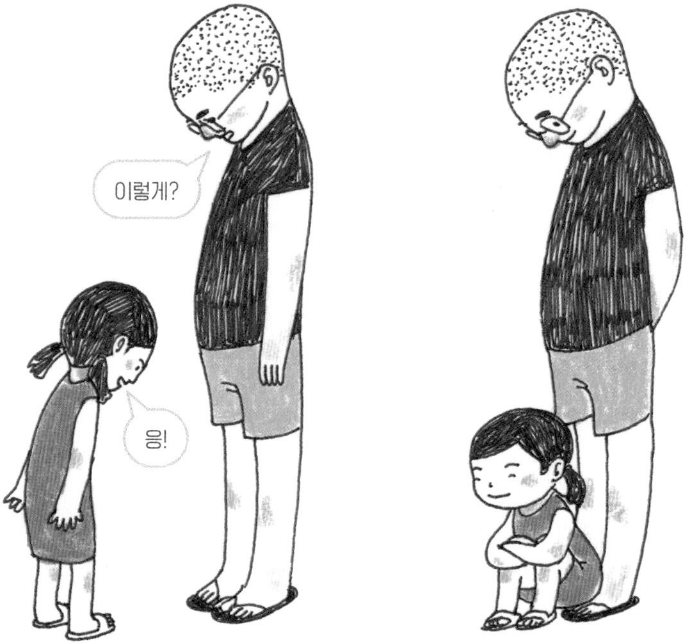
이렇게?
응!

앞니 빠진 날

며칠 전 앞니 두 개를 뽑았다.
기념하려고 바바파파 모양 치아보관함을 샀는데
치과에서 작은 플라스틱 보석상자에 넣어 줬다.
어릴 때 뽑은 내 이빨은 어디 갔을까.
지붕 위로 던졌을까?

몰랐던 마음

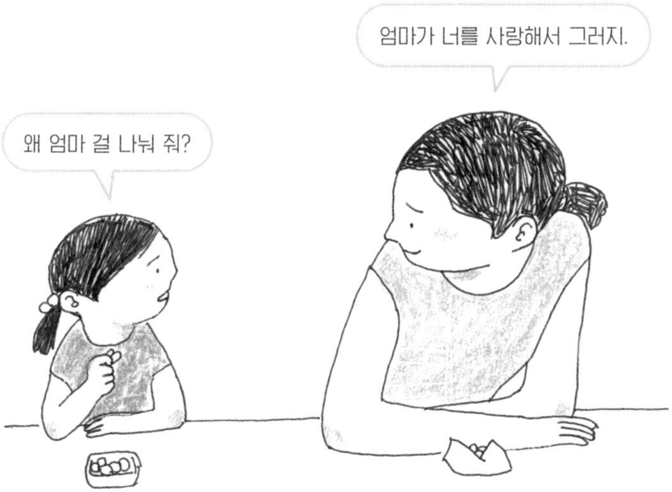

왜 엄마 걸 나눠 줘?
엄마가 너를 사랑해서 그러지.

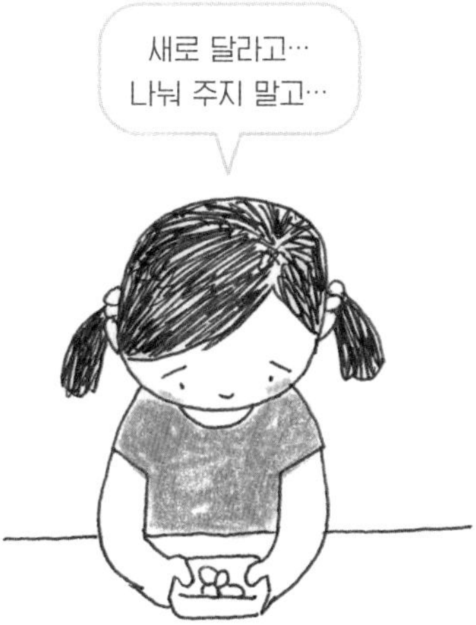

새로 달라고…
나눠 주지 말고…

태세 전환

짐이 너무 많지 않아?
괜찮겠어?
내가 애기냐.

바리바리 싸 들고 나간 짐은 결국 아내와 나의 몫.

나는 아이잖아.

게다가, 갈수록 그럴듯한 말에

못 당하겠다.

너의 관대함 1

교장 선생님, 자긴 옛날에 다녀 놓고 학생들은 못 다니게 하는 거였어?
무슨 사정이 있겠지…

꾸준히 보던 만화에서 교장 선생님이
학생들에게 절대 출입금지한 곳을
본인 젊었을 때에는 즐겨 갔었다는 사실이 밝혀졌다!
넌지시 의견을 물어봤더니 별일 아니라는 듯 대답한다.
너, 남을 잘도 이해해 주는구나!

인터뷰

아빠!
뭐 해?
인터뷰
쓰고 있어.
찰칵
찰칵
찰칵
아빠, 유명해?
아… 아니
나도
인터뷰하고 싶다.

어디서 봤는지 유명해야 인터뷰를 하는 줄 알고 있다.
유명하지 않아도 인터뷰는 할 수 있다고 설명은 했는데…

방전

인형놀이는 엄마보다 아빠랑 하는 게 재밌다는 딸.

연기는 열심히 하지만 체력이 문제다.

과잉 시대

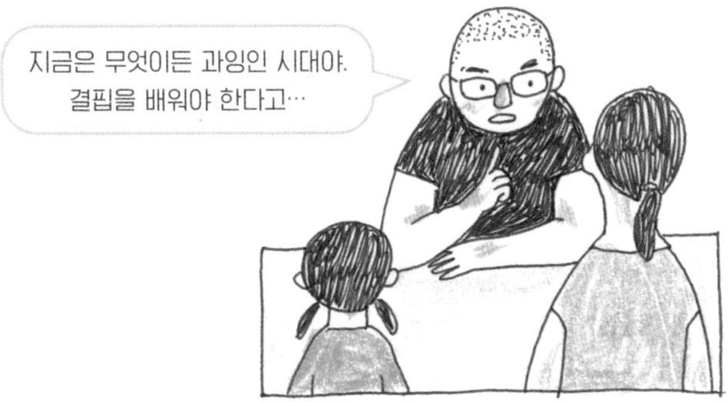
지금은 무엇이든 과잉인 시대야.
결핍을 배워야 한다고…

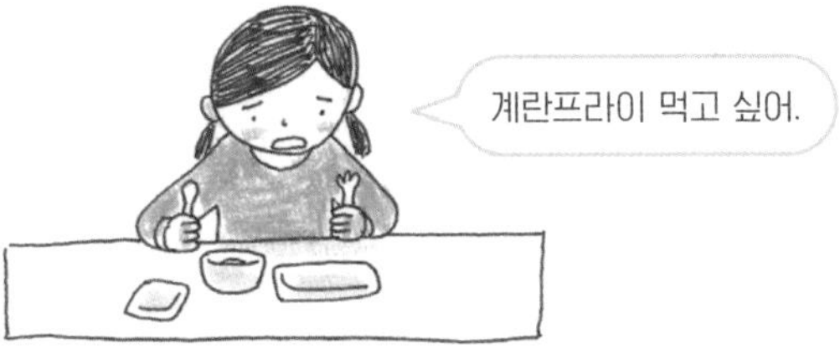
계란프라이 먹고 싶어.

알았어. 반숙이지?
응!
뭐, 더 필요한 것 없어?
뜨거우니까, 아빠가 식혀 줄게.
후후
말이나 못하면…

방귀

슬플 때 주의

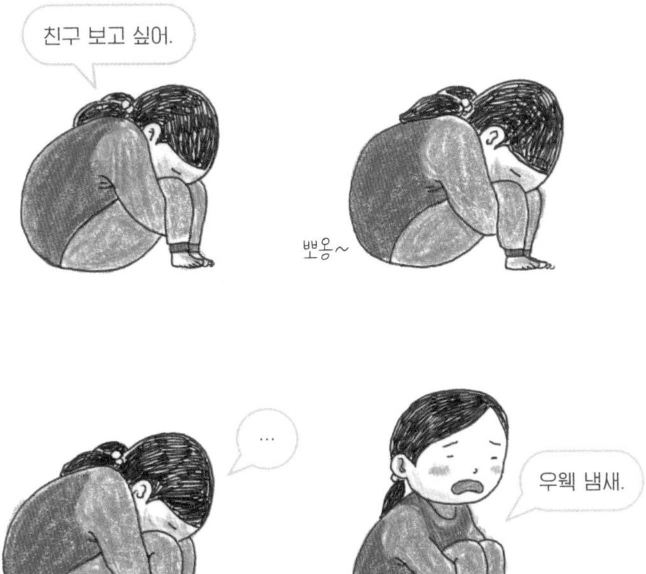
친구 보고 싶어.
뽀옹~
…
우웩 냄새.

재채기할 때 주의

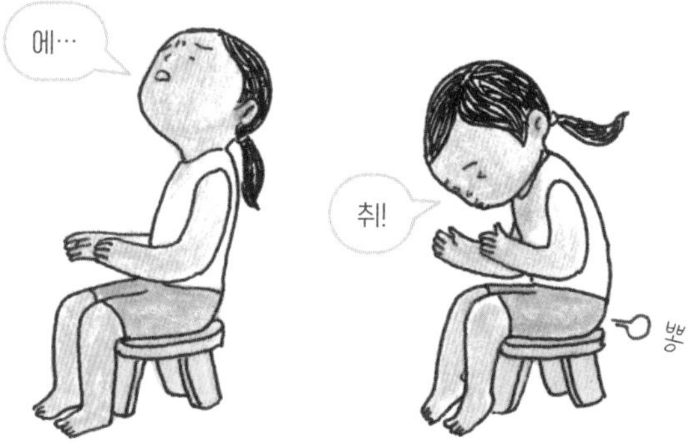
에…
취!
뿡

웃을 때도 주의

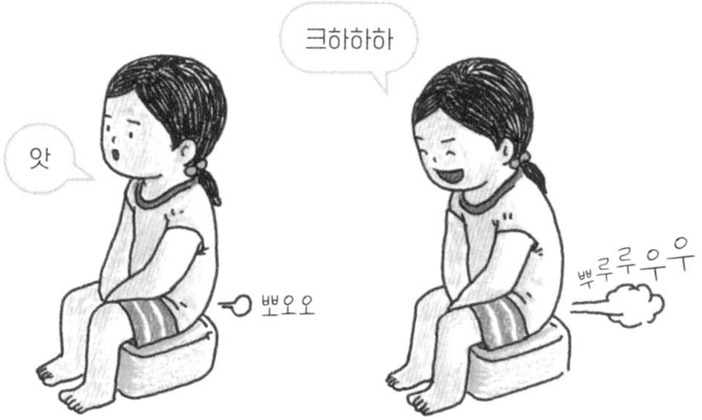
앗
뽀오오
크하하하
뿌루루우우

시청 제한 연령의 진실

신비아파트 보고 싶다…
애들은 다 보는데…

안 돼.
신비아파트는 열두 살 때,
원피스는 열다섯 살 때.
힝~

친구가 그러는데
그 나이가 돼서 보면 재미없대.

헉! 그 말은 맞지만…

메리 크리스마스

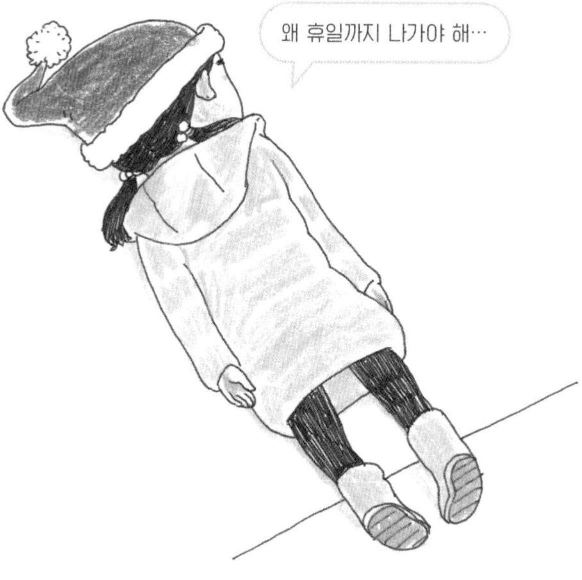
왜 휴일까지 나가야 해…

외출을 즐기지 않는 딸과 함께
크리스마스는 집에서.

양말이 까매.

매일이
이랬으면

인정1

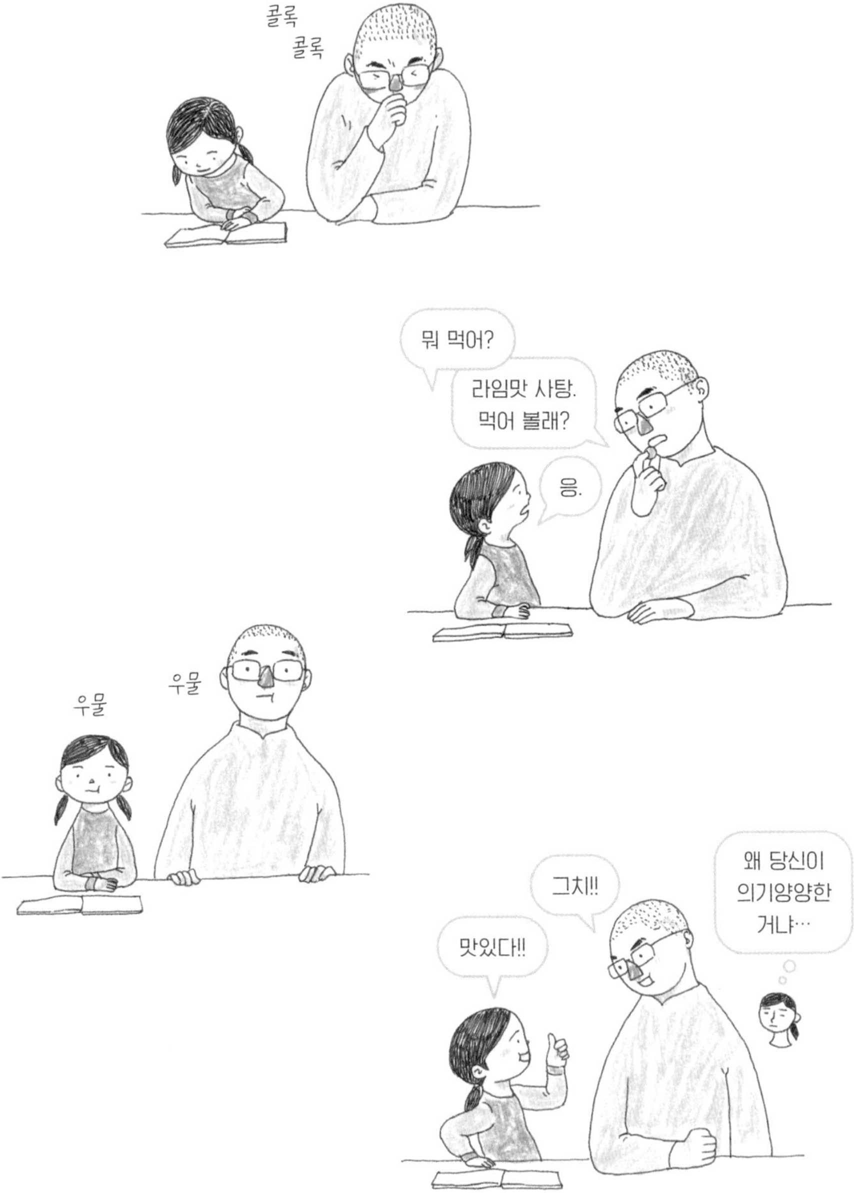

콜록
콜록
뭐 먹어?
라임맛 사탕.
먹어 볼래?
응.
우물
우물
맛있다!!
그치!!
왜 당신이
의기양양한
거냐…

또 먹어?
라즈베리맛인데
라임맛보다 별로네.

뭐, 먹을 만하네.
우물
우물
…

그래도
라임맛이
더 맛있다.
그치!!
왜 확신에
찬 거지…

인정2

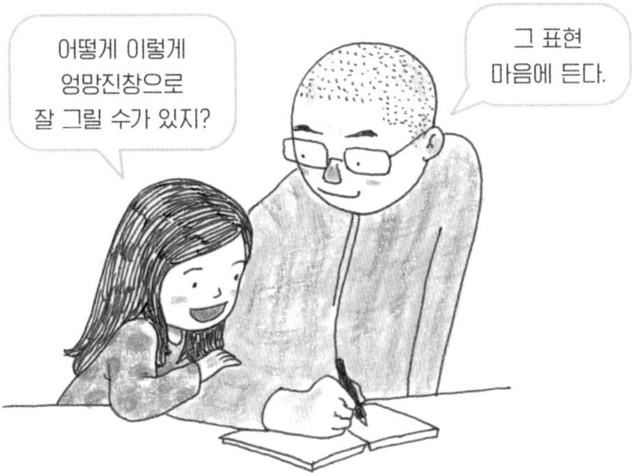
어떻게 이렇게 엉망진창으로 잘 그릴 수가 있지?
그 표현 마음에 든다.

뜻밖의 푸념

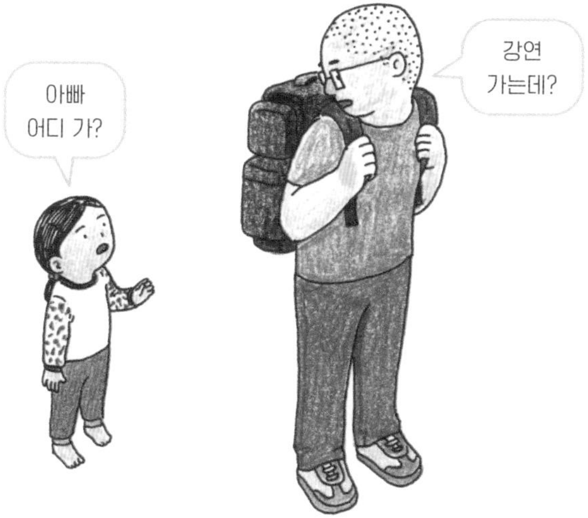
아빠
어디 가?
강연
가는데?

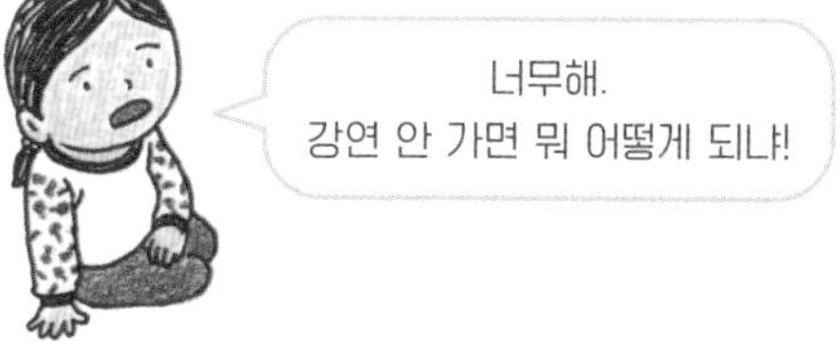
너무해.
강연 안 가면 뭐 어떻게 되냐!

동계 올림픽

레뒤
탕!

슥
삭

슥
양말이 까매.

무서운 이야기1

무서운 얘기 좀 해 줘.
졸업사진에
매년 찍히는 사람이 있대.
무서워…
아빠는
알고 있지…
누… 누군데?
원장 선생님.
푸하하하~

너무 무서워해서 만담으로 급선회.

무서운 이야기2

농사일을 하는 할머니가
아침 일찍 밭에 나갔더니…

무가 서 있더래. 두둥!

무 선 이야기!!
그게 뭐야!!

무가 서서 운 '무 서 운' 이야기도 있고
무가 서운했던 '무 서운' 이야기도 있고…

딸에게 종종 듣는 말

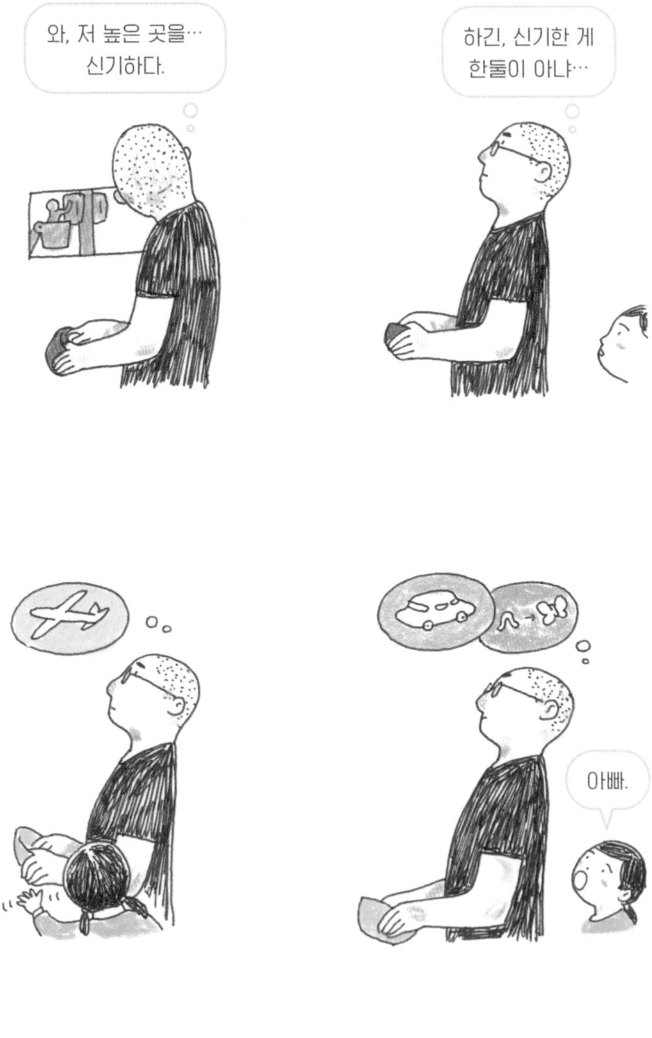
와, 저 높은 곳을… 신기하다.
하긴, 신기한 게 한둘이 아냐…
아빠.

아… 응…
왜?
또 멍 때렸냐?

으… 응…

공상하는 게 일이라
그런 걸까나.
원래
그런 거 아냐?

샤오룽바오

외출을 싫어하는 딸도 일어서게 만드는 메뉴, 샤오룽바오.
한 판을 시켜 줬는데 한 개를 남겼길래
서로 양보하고 있었더니…

자기 먹어요.
아니에요. 자기 먹어요.

왜 싸우고 그래~

수라간 나인이 된 기분.

지난번에 못 드셨으니 드시죠.
나는 다른 거 먹어도 되니 드시죠.
어허. 그거 하나 가지고 왜들 싸우느냐.

전단지

최고 수학
뭐 봐? 최고수학?
에이 아닌 거 같은데.
최고라고 하는 데가
얼마나 많은데.

좋아 보이려고
다 국내 최고래~

알려 주지 않아도 세상 이치를 깨달아 가고 있구나.

땅콩버터

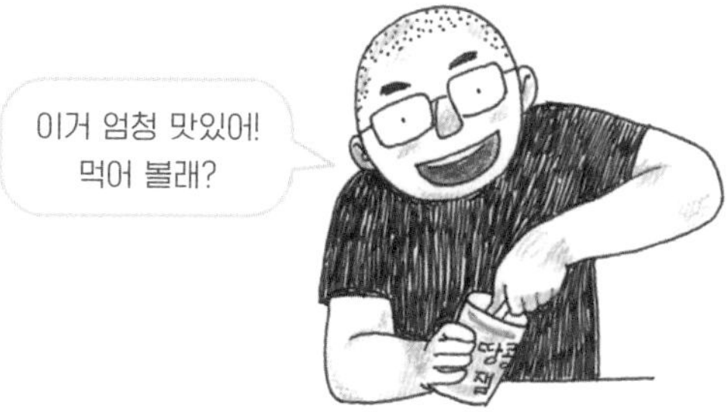
이거 엄청 맛있어!
먹어 볼래?

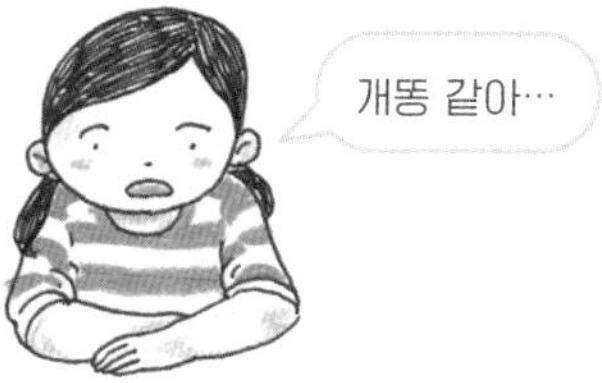
개똥 같아…

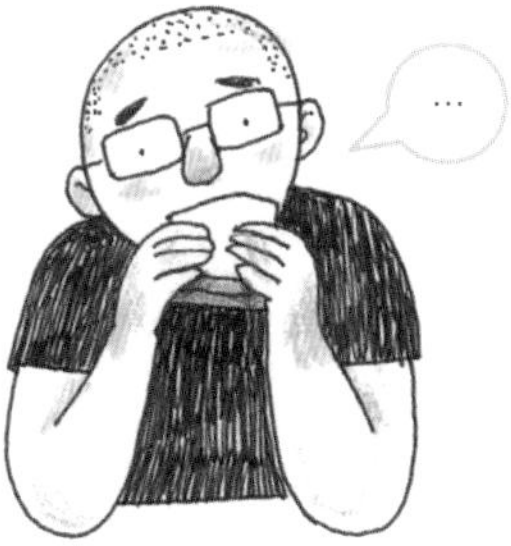
…

지금은 딸도 맛있게 잘 먹는다.

스페어 타이어

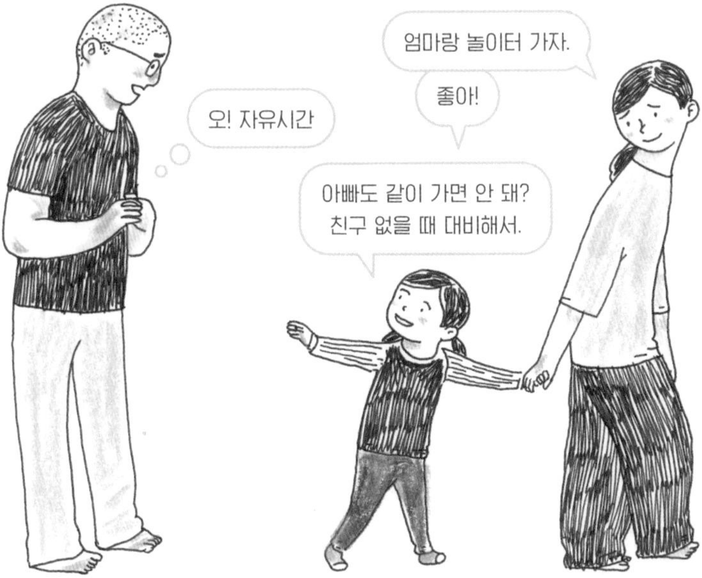
엄마랑 놀이터 가자.
좋아!
오! 자유시간
아빠도 같이 가면 안 돼?
친구 없을 때 대비해서.

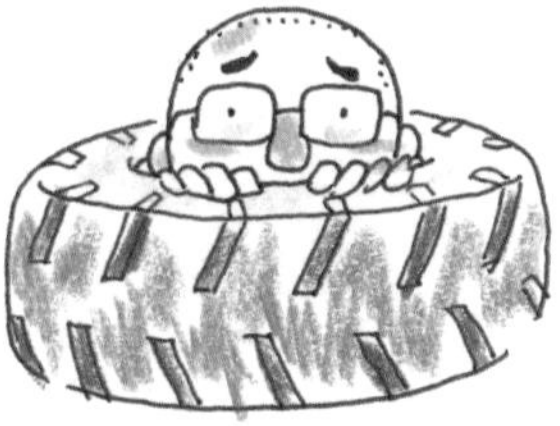

좋다 말았다. ㅎㅎㅎ

요술 의자

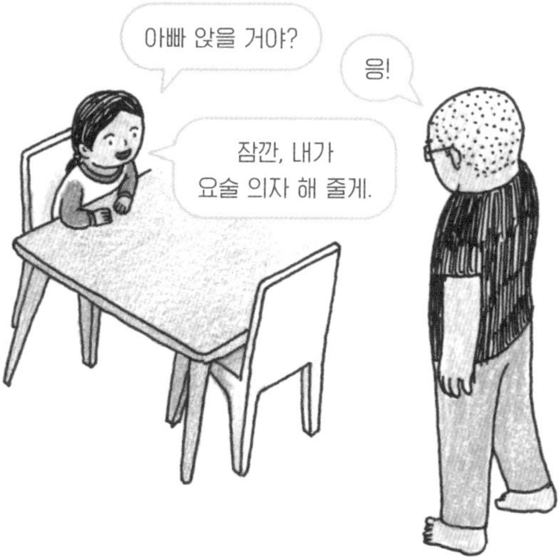
아빠 앉을 거야?
응!
잠깐, 내가
요술 의자 해 줄게.

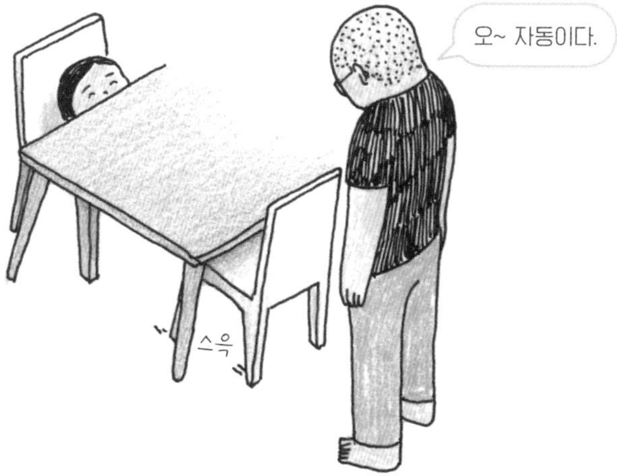
오~ 자동이다.
스윽

너의 관대함2

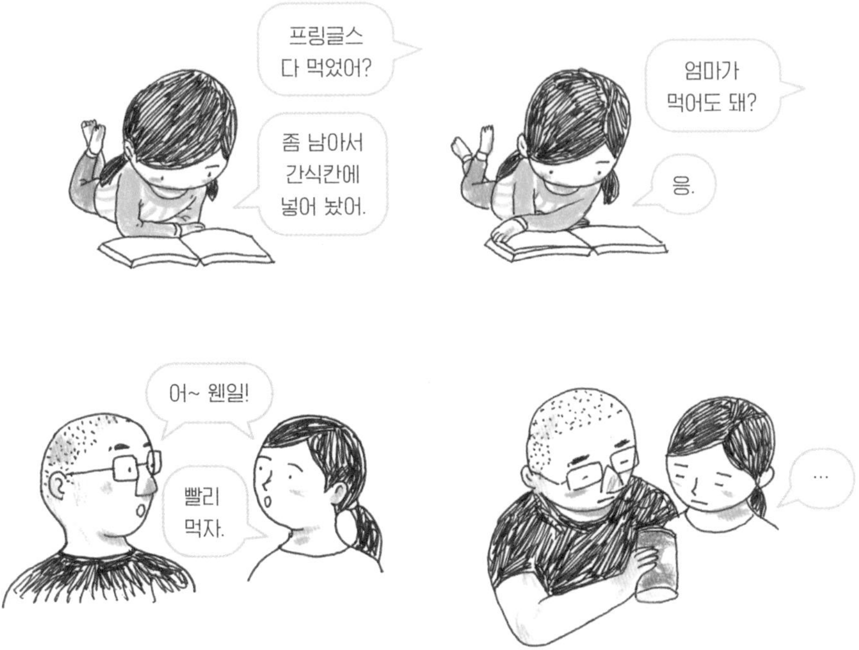
프링글스
다 먹었어?
좀 남아서
간식칸에
넣어 놨어.
엄마가
먹어도 돼?
응.
어~ 웬일!
빨리
먹자.
…

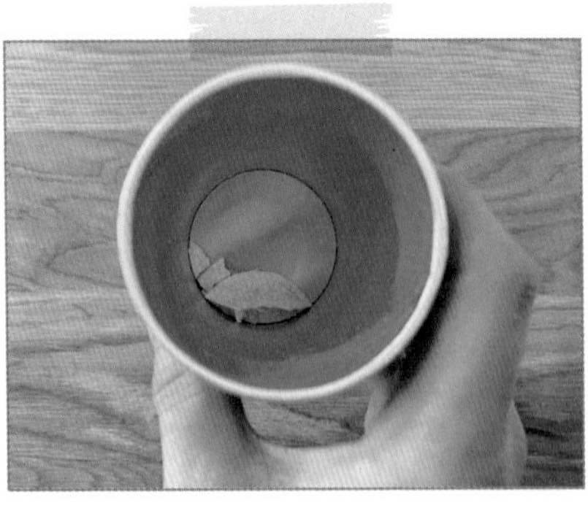

어쩐지…

정답

오랜만에 아빠가 채점해 줄까?
응!

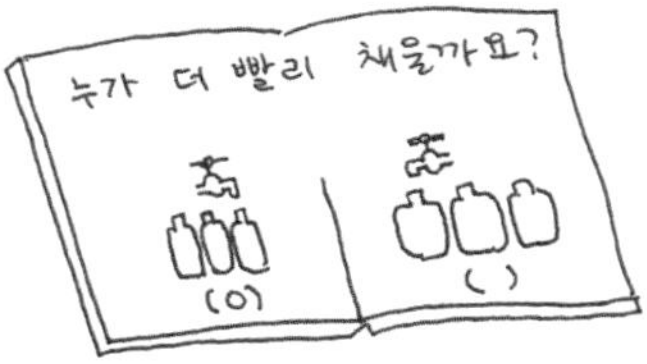
누가 더 빨리 채울까요?
(O)
( )

문제를 보고 장난기가 발동했다.

이 수도꼭지가 물이 이렇게 콸콸 나오는 거면 어떡해?

우하하하하~ 아이 참, 아빠도.

헛소리 좀 그만해.

네가 듣기에도 아빠 말이 헛소리 같냐?! ㅜㅜ

대답은 잘한다

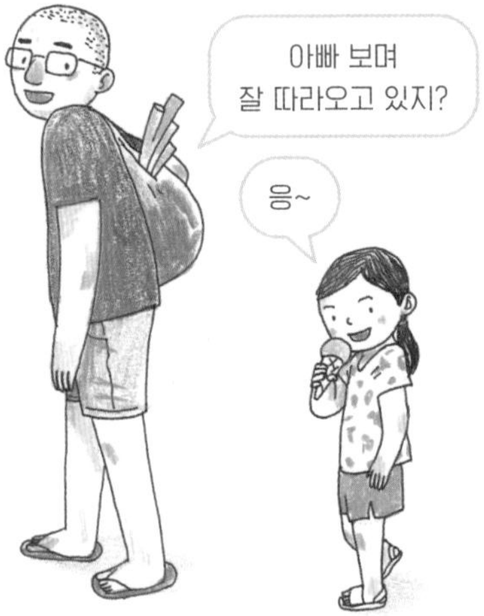
아빠 보며
잘 따라오고 있지?
응~

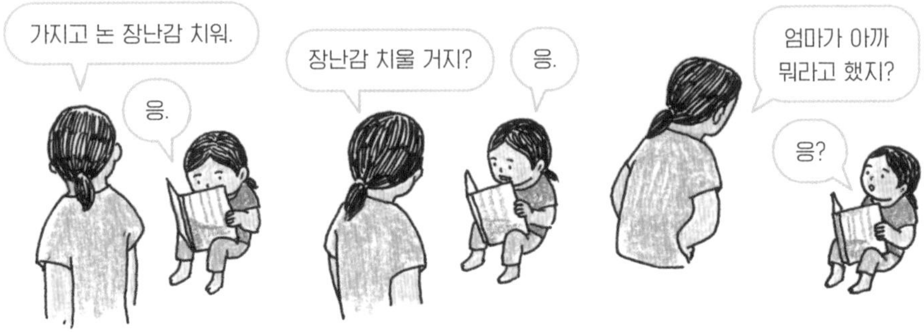
가지고 논 장난감 치워.
응.
장난감 치울 거지?
응.
엄마가 아까
뭐라고 했지?
응?

대답이라도 잘했으면

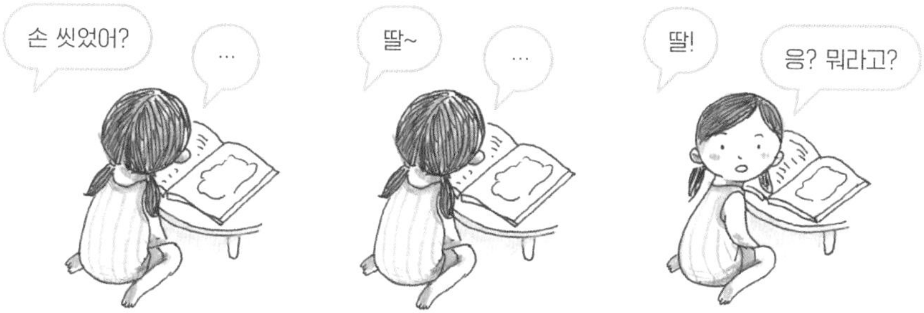
손 씻었어?
…
딸~
…
딸!
응? 뭐라고?

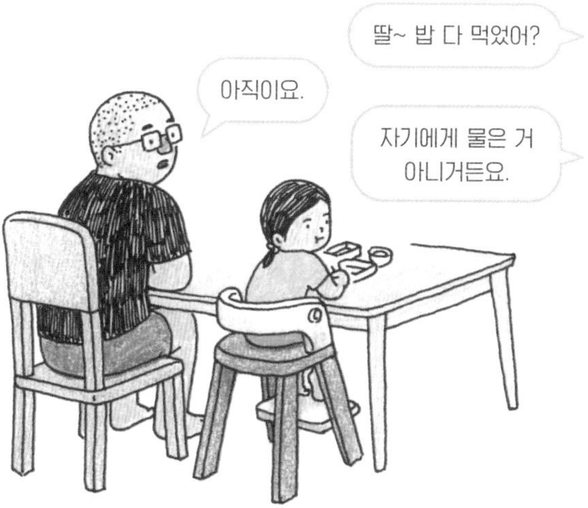
딸~ 밥 다 먹었어?
아직이요.
자기에게 물은 거
아니거든요.

Michael Jackson
호우~

딸이 요즘 가장 좋아하는 가수
마이클 잭슨.

아빠 놀이터

행복의 원천

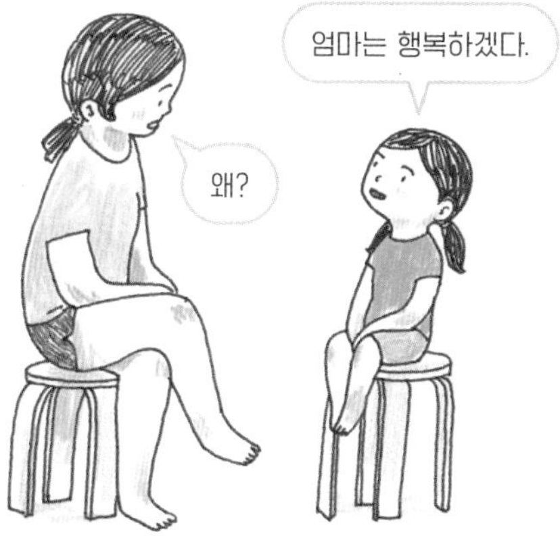
엄마는 행복하겠다.
왜?

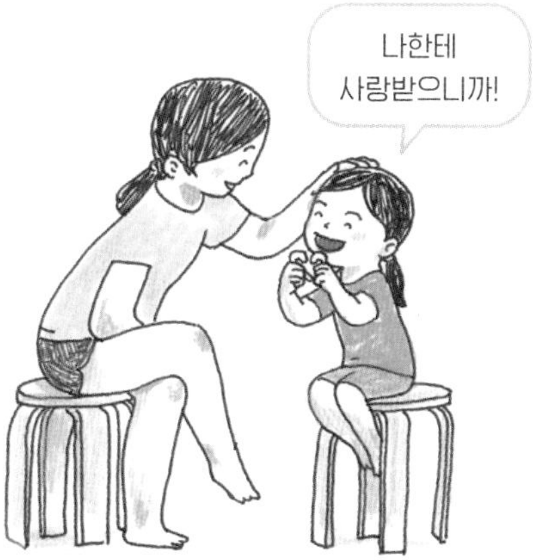
나한테
사랑받으니까!

일요일 아침

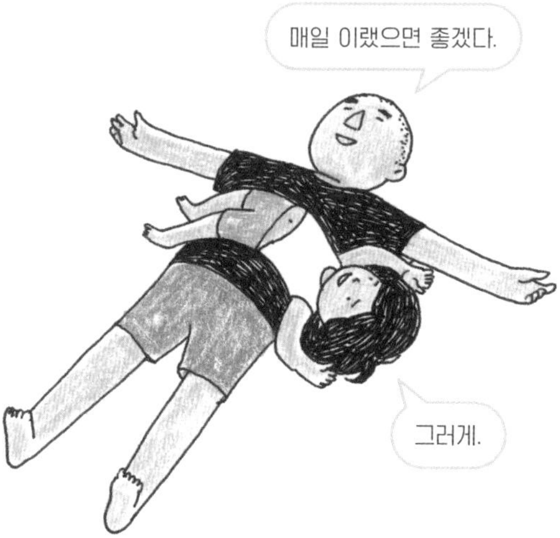
매일 이랬으면 좋겠다.
그러게.

여유로운 일요일 아침. 매일 빈둥거리고 싶다!

공포

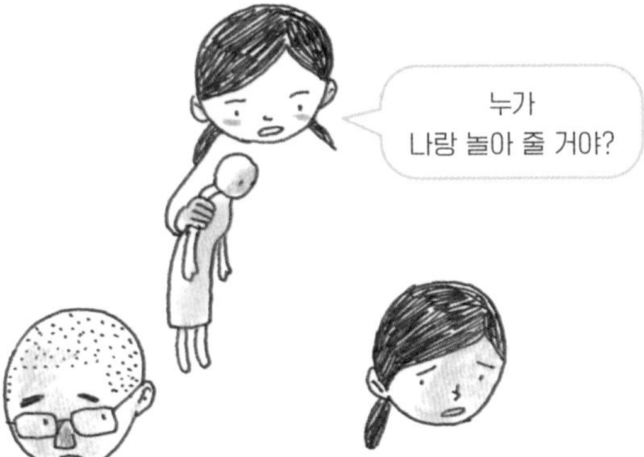
누가
나랑 놀아 줄 거야?

눈 마주치지 마.

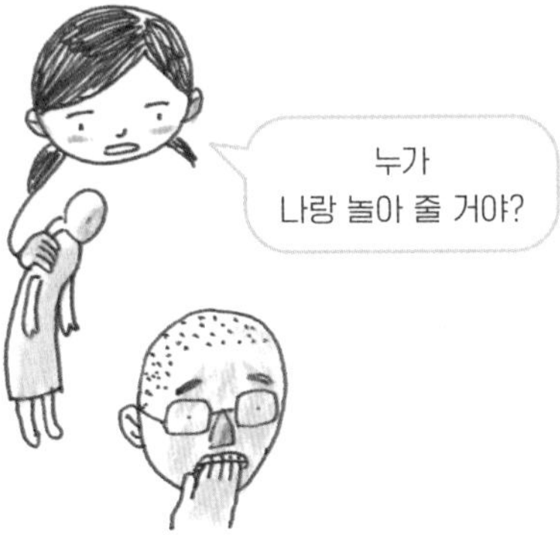
누가
나랑 놀아 줄 거야?

누구냐니…
집엔 우리 둘뿐이잖아.

책전지

외출하고 돌아와 정리를 하고 있으면
어느 순간부터 집 안이 아주 조용하다.
그러면, 십중팔구 딸이 책을 읽고 있는 것이다.
가끔 그림을 그리기도 하지만 대부분 책을 읽는다.
외부 활동을 오래하면 할수록
집에 돌아와 책을 오래 본다.

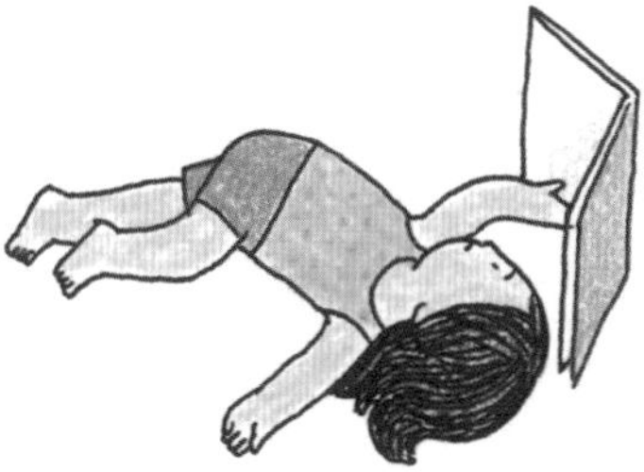

좋은 이유

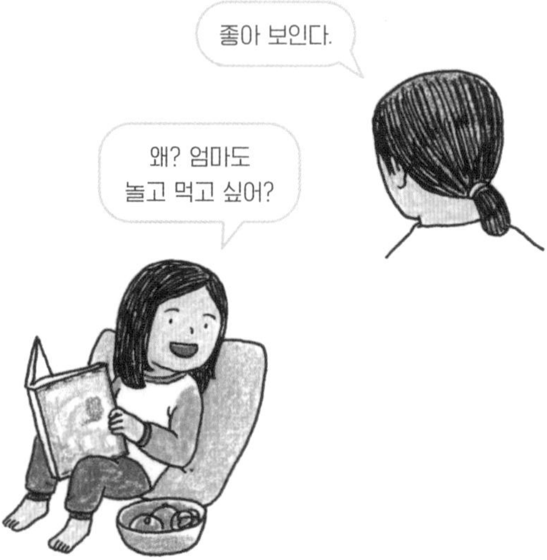
좋아 보인다.
왜? 엄마도 놀고 먹고 싶어?

본인이 주로 놀고 있다는 건
아는구나.

허물

그렇구나

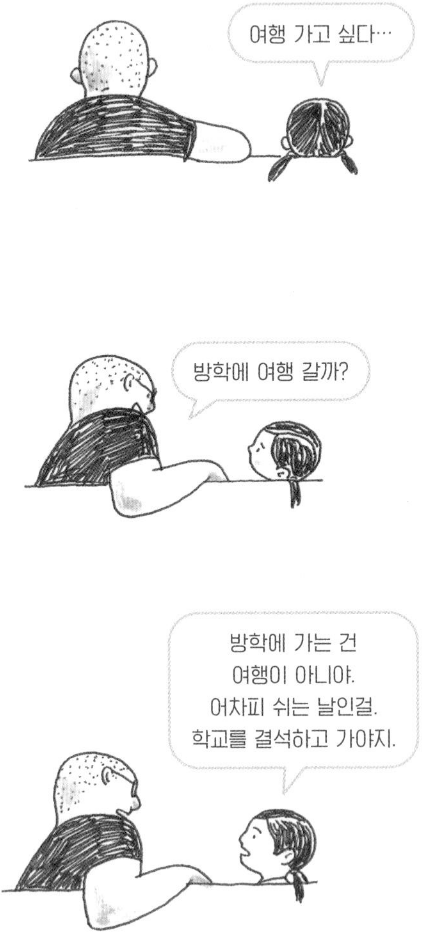
여행 가고 싶다…
방학에 여행 갈까?
방학에 가는 건
여행이 아니야.
어차피 쉬는 날인걸.
학교를 결석하고 가야지.

여행이란 학교를 결석하고 가야 하는 것!

평가

아빠
이 그림 어때?
좋아! 잘 그렸네!

다 잘했다고 하지 마.
뭐가 진짜 좋은 건지 모르겠잖아.
아…

네 말도 맞지만, 아빠가 보기엔 그렇다!

일반화의 오류

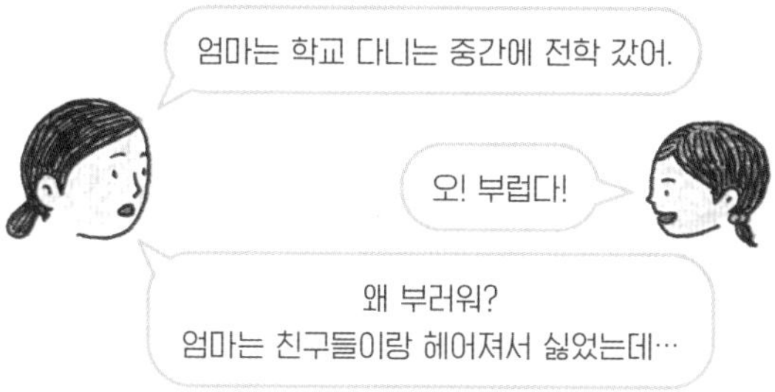
엄마는 학교 다니는 중간에 전학 갔어.
오! 부럽다!
왜 부러워?
엄마는 친구들이랑 헤어져서 싫었는데…

만화에서 보면
전학생이 제일 예쁘더라고!

엄마. 아빠 또
길목에 잠들었어.

담다디 담다디~

둘 다
좋은데

TV 보기

딸의 오늘 하루 유일했던 일정.

오후 세 시 만화 시청.

부럽다! 부럽다! 부럽다!

TV 보는 다양한 자세

TV 보며 할 수 있는 것

오레오

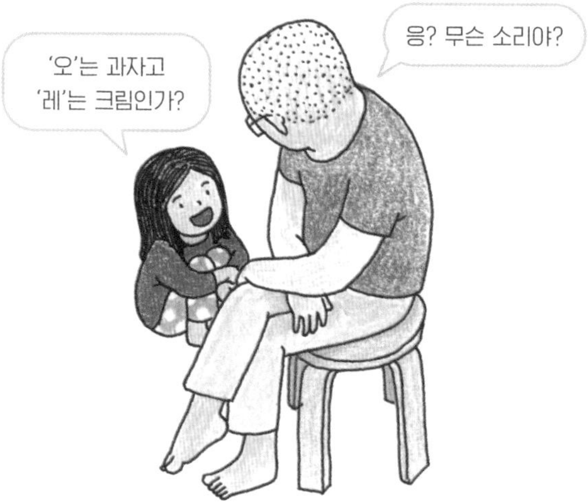
'오'는 과자고
'레'는 크림인가?
응? 무슨 소리야?

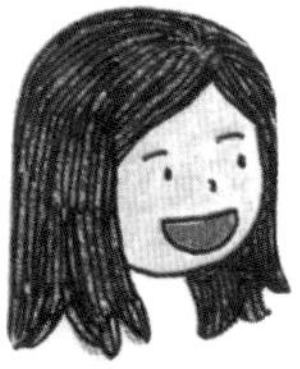

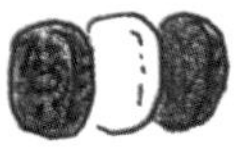

오 레 오
과자, 크림, 과자잖아.

오, 그럴듯하네!

폴짝!!
꺄하하

인정3

다큐에서 들은 내용을 이야기하던 아내가

화를 내며 한마디 했더니…

그게 말이야, 방구야.
방구는 아빠가 제일인데~
하하하…

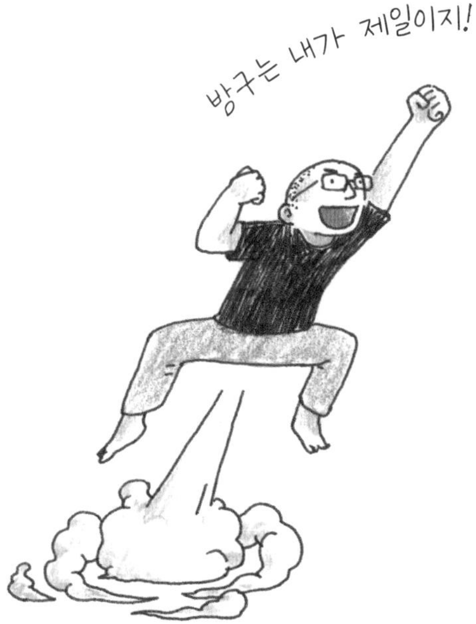
방구는 내가 제일이지!

딸에게 인정받았다.

어른의 맛

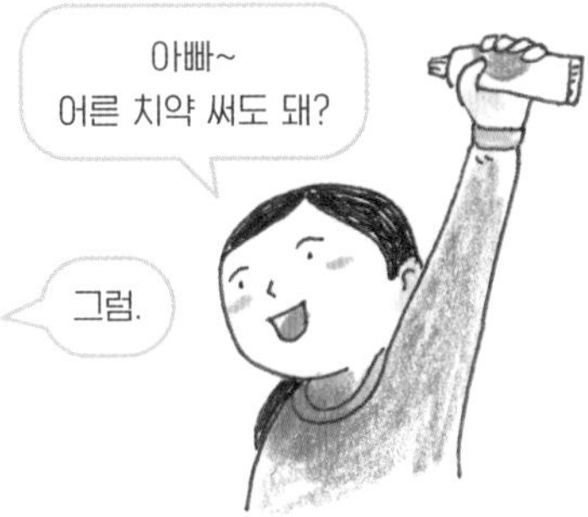
아빠~
어른 치약 써도 돼?
그럼.

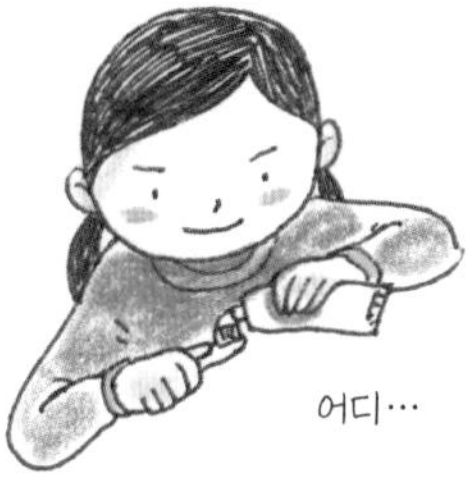
어디…

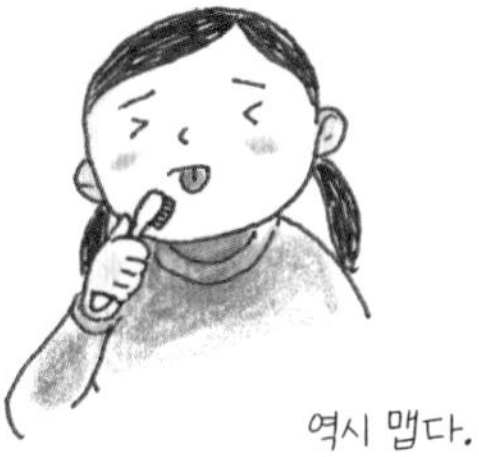
역시 맵다.

커피는 무슨 맛이야?
마셔 볼래?

홀짝

으~ 써~

아침

월요일

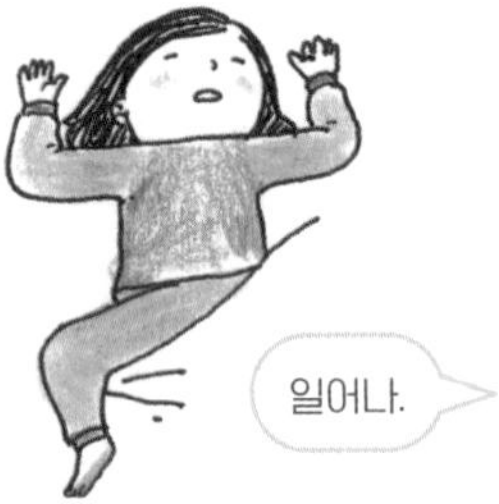
일어나.

화요일

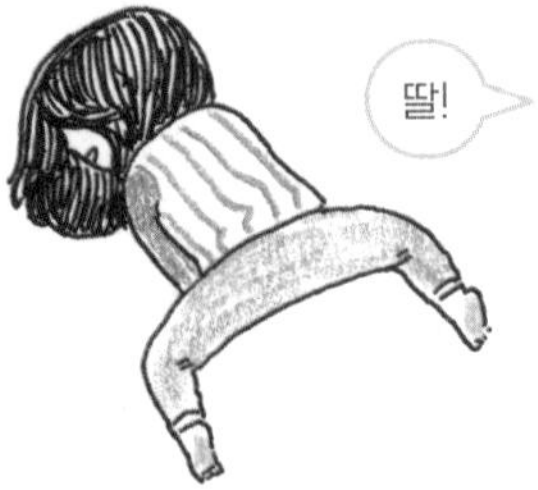
딸!

수요일

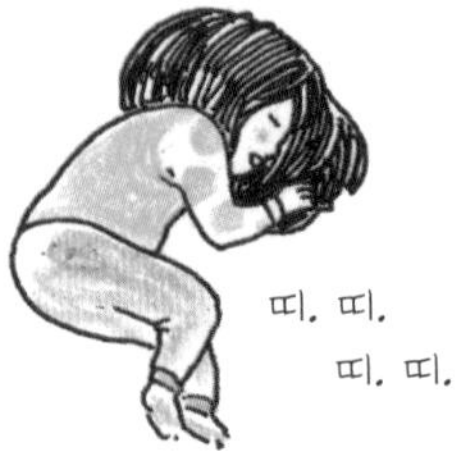
띠. 띠.
띠. 띠.

목요일

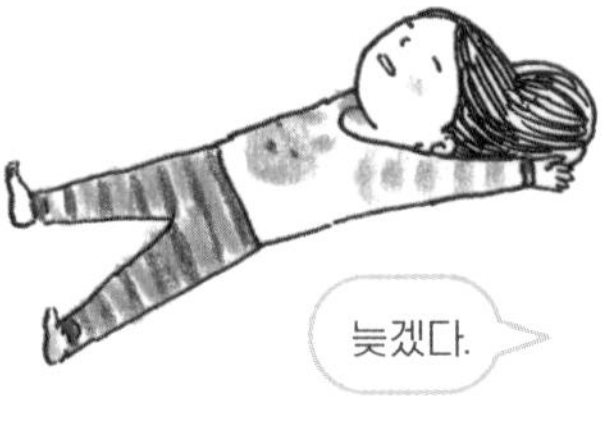
늦겠다.

금요일

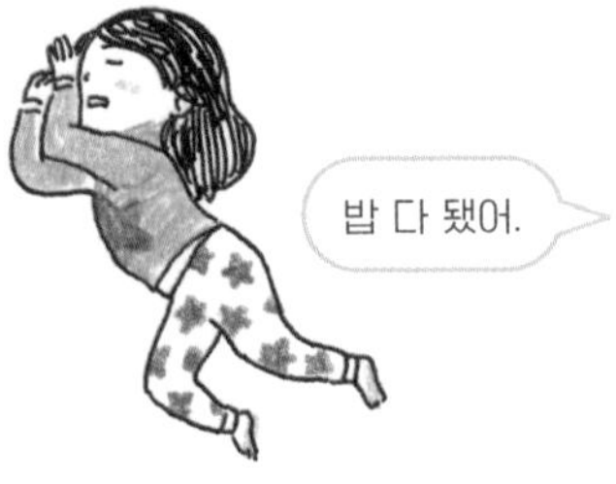
밥 다 됐어.

토요일

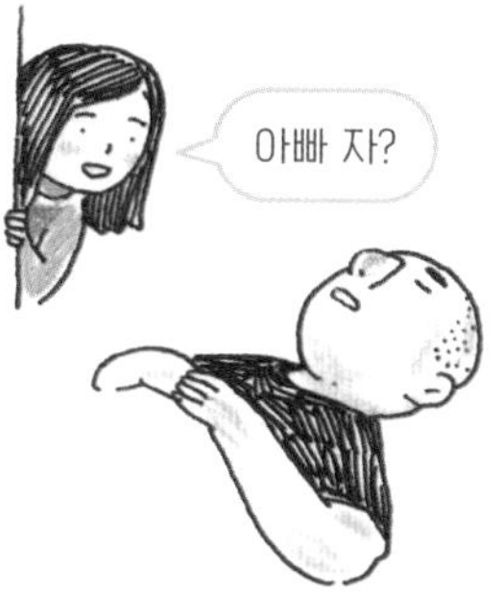
아빠 자?

일요일

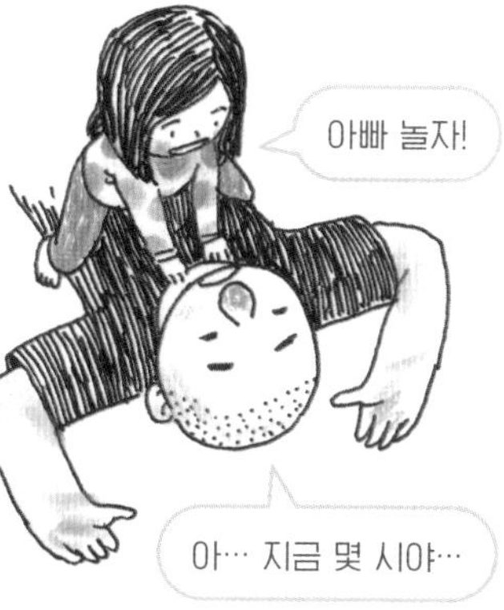
아빠 놀자!
아… 지금 몇 시야…

왜 주말에만 일찍 깨는 것인가!

기준

골고루
안 발라졌어.

…

딸에게는 나는 모르는 나름의 기준이 있다.
주먹밥을 먹을 때도 순서를 정해서 먹는다.
이유를 물으면 안 될 것 같아 묻지 않았는데, 뭘까?

신개념 영감 수학

수학 문제 답이 틀렸길래 물었더니…

이 답은 어떻게 나왔어?

감이 왔어.

온다. 온다. 온다.

영감으로 수학 푸는 아이. ㅋㅋ

자두왕

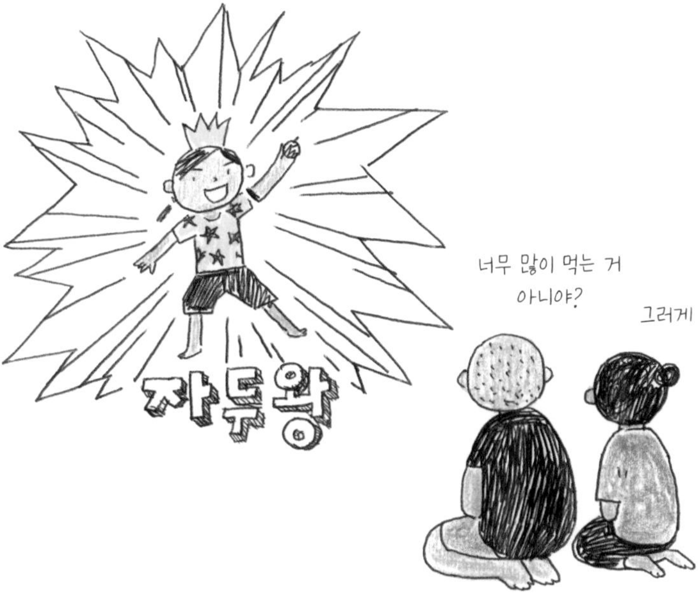
자두왕
너무 많이 먹는 거
아니야?
그러게 말이야.

자두를 먹다가 딸의 의뢰로 그리게 된 그림일기.

자두왕
그러게 말이야.

아빠의 등

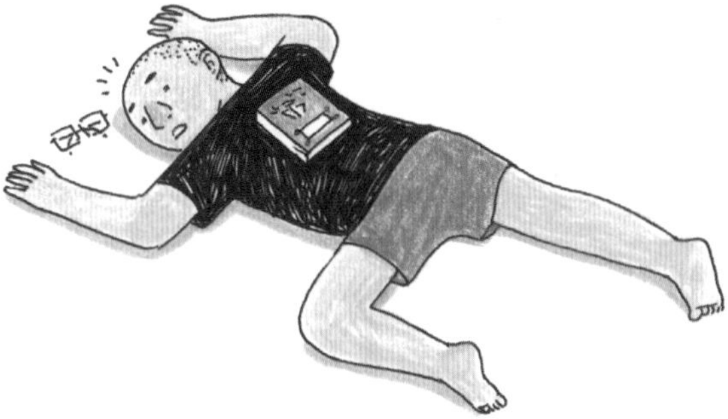

엎드려 낮잠이 들 때 가끔 등 위에 올라가 책을 읽는 딸.
어느 날은 깨어 보니 등에 책이 고스란히 놓여 있었다.

신나서 신고 나간 새 신발에
발뒤꿈치가 까진 딸.

궁금증

밥 잘 먹었어?
뭐 하고 놀았어?
덥지는 않았고?
오늘은
빨리 먹었어?
물은?
뭐 배웠어?
그만 물어.

정치인도 아니고…

요즘은 기억 안 난다며 대충 얼버무린다.

그래도 늘 궁금한 딸의 일상.

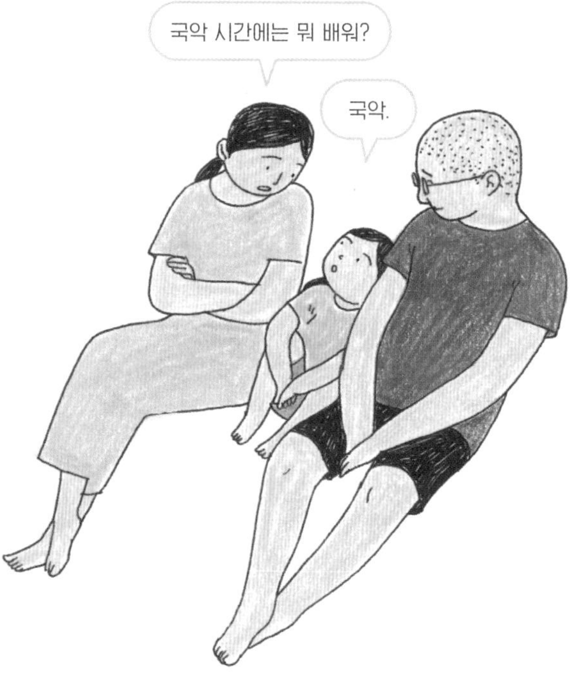
국악 시간에는 뭐 배워?
국악.

우문현답?!

슬슬 배드민턴
치러 갈까?
줄넘기도
가져갈래.
다녀올게요.
버튼은
내가!
오늘 안에 가냐?
칙칙폭폭.
잡아.
우하하
천천히 가~
칙칙
폭폭
땡~

줄넘기
줘 봐.
뛰어가며 해 볼게.
하하하
다시!
아빠, 그네!
난 빨간색.

빨리.
다음은 뱅글뱅글!
우하하하
으하하하

이제 배드민턴 칠까?
좋아!
간다!!
알았어!

이번엔 내가!

우어어어
옷!
얍!
하하하

옵
아빠! 잘 좀 해!!
너나 좀
잘해라…

다시, 승부닷!!
좋아!
오오
이야압
왜 안 들어오지…

노래 취향2

담다디~
담다디~
이상은 <담다디>

아~ 아따시노
코이와 미나리모~
마츠다 세이코 <푸른 산호초>

삐레~
삐레~
마이클 잭슨 <빗 잇>

나 때문에 딸의 노래 취향이
너무 옛스러워진 것 같다!

답답한 사람

황희 정승 이야기 알아?
아, 그거 두 하인이 어쩌고저쩌고… 그런데 부인이 와서 둘 다 맞다고 하면 어쩌냐고 따지니까 그 말도 맞소! 하는 거.
응!
아유! 속 터져.

이름 지어 주기

폭신이

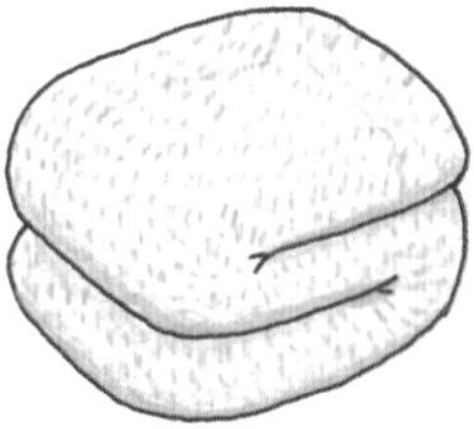

보들이

말랑이

눅눅이

띠용이

하늘이

기시감

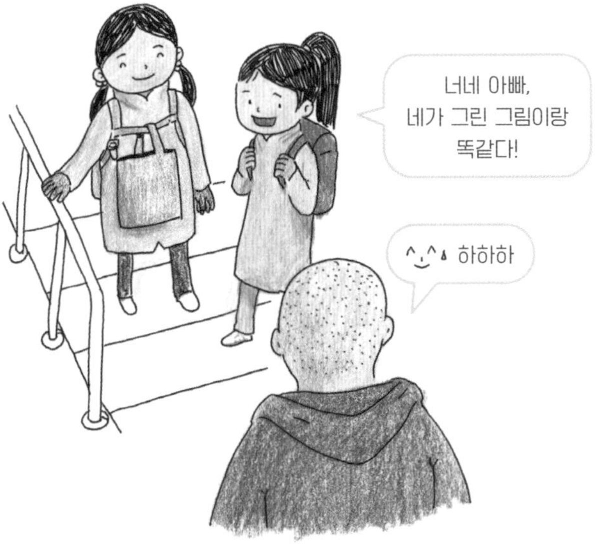
너네 아빠,
네가 그린 그림이랑
똑같다!
^_^ 하하하

하교 시간.

딸의 같은 반 친구에게 들은 말.

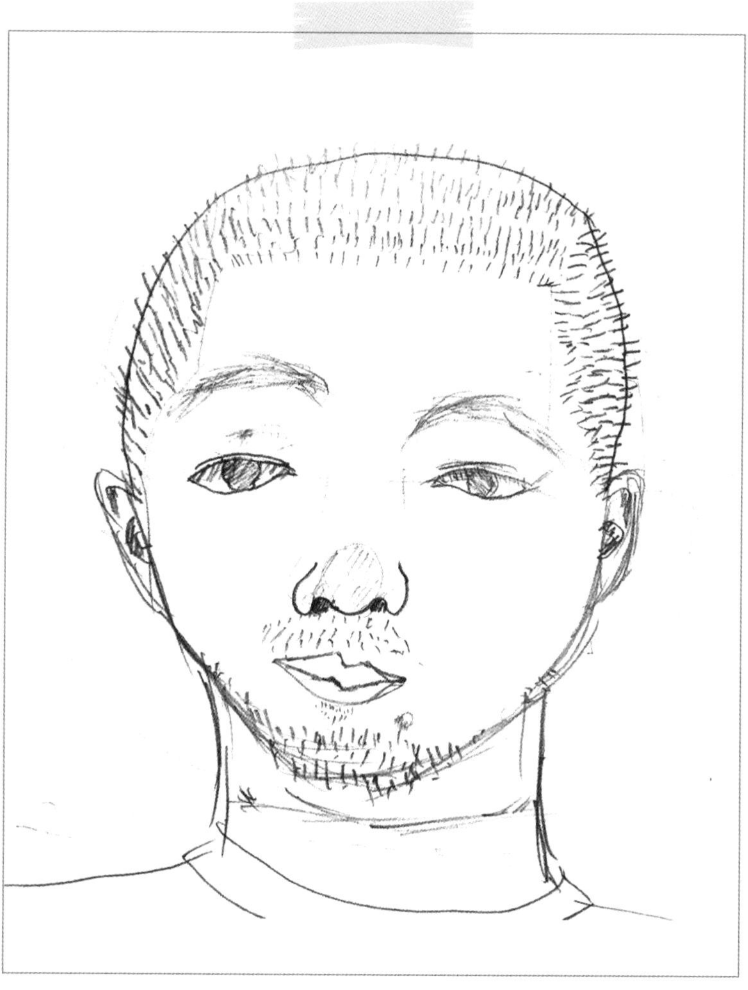

축구 응원

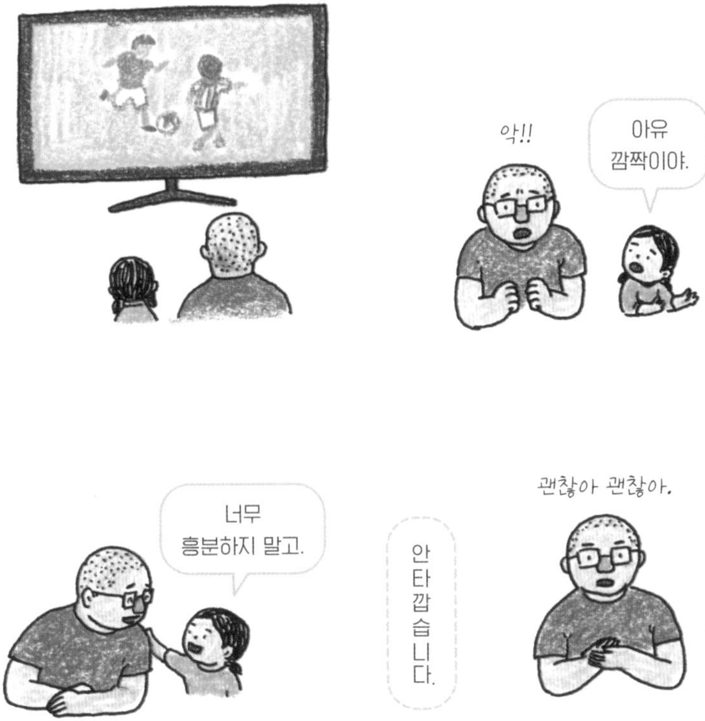

악!!
아유 깜짝이야.
너무 흥분하지 말고.
안타깝습니다.
괜찮아 괜찮아.

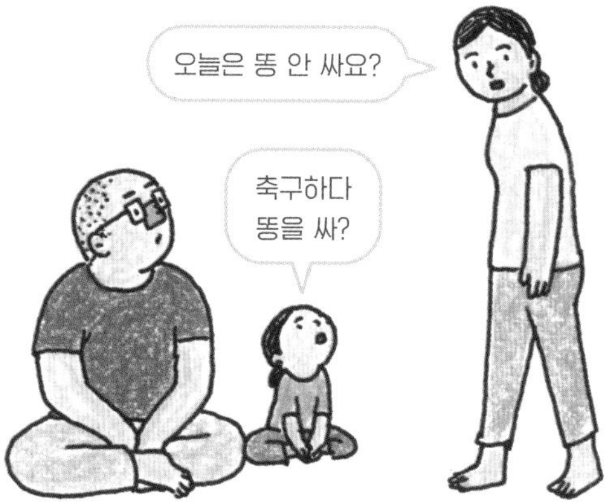
오늘은 똥 안 싸요?
축구하다
똥을 싸?

아내가 그러는데, 축구를 보며 답답할 때

내가 하는 제일 심한 말이 "똥을 싸네. 똥을 싸."란다.

결단력 있음

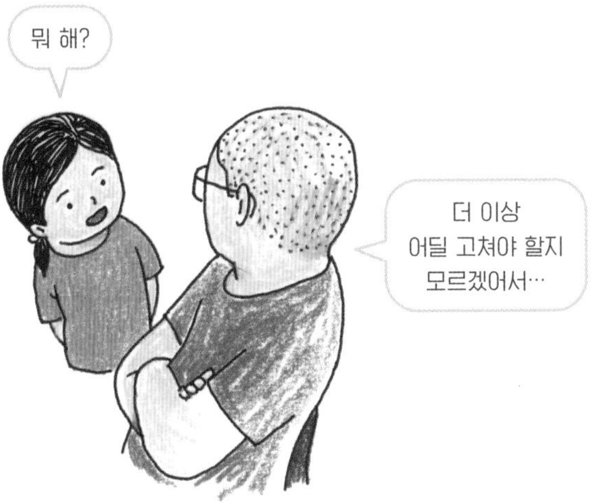
뭐 해?
더 이상 어딜 고쳐야 할지 모르겠어서…

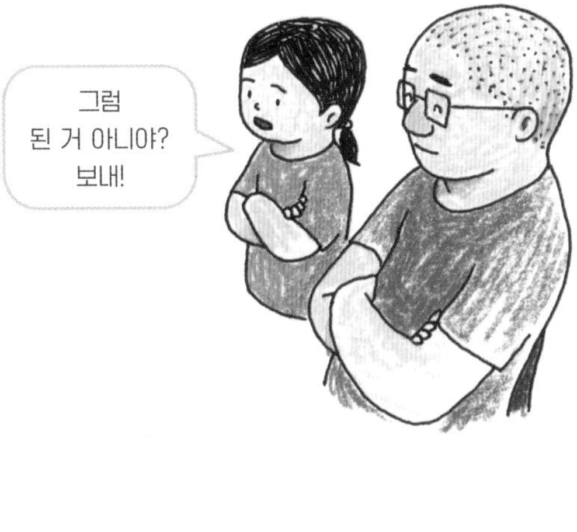
그럼 된 거 아니야? 보내!

결단력 없음

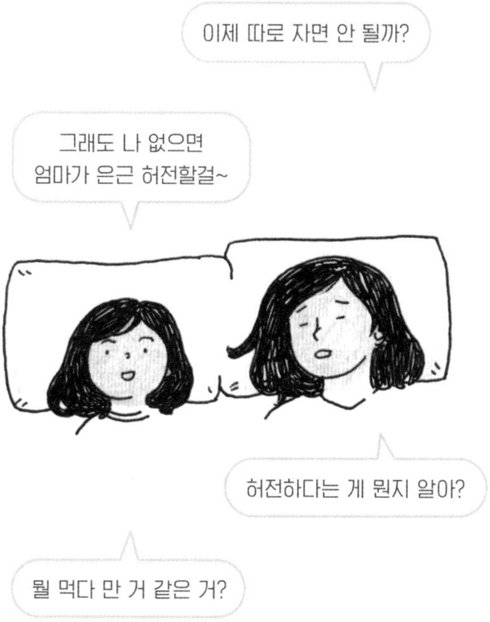

이제 따로 자면 안 될까?
그래도 나 없으면 엄마가 은근 허전할걸~
허전하다는 게 뭔지 알아?
뭘 먹다 만 거 같은 거?

실패

민주주의가 무엇인지 묻는 딸에게
설명을 시도했다.

너네 반 친구들에게 초코와 아이스크림 중 고르라고 하면…
난 둘 다 좋은데.

아… 그러면 먹태랑 아이스크림 중에 고르라고…
아이들이 먹태를 고를 리가 없잖아.

또 실패

1972년 이후로 사람이
달에 다시 간 적이 없어.
그 이유는…
달에 토끼가
없는 걸 알게 돼서?

토끼가 없어…
이게 뭐얏!
다신 오지 말자!!

잔소리

자기가 밥을 안치겠다고 해서 맡겼다.
어릴 때부터 같이 음식을 하곤 해서
쌀을 씻어 전기밥솥에 넣는 정도는 익숙하다.

밥 대신 해 주니 시간 여유도 생기고 좋네.

그 시간을 좋은 데 써~ 아이디어를 짜거나 그림을 그리거나…
췟…

장난

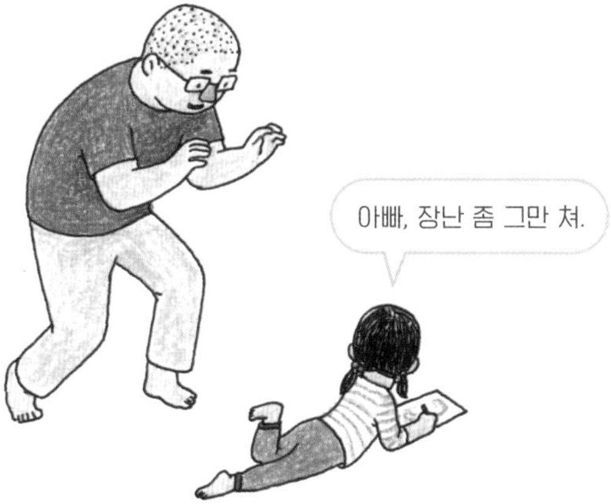
아빠, 장난 좀 그만 쳐.

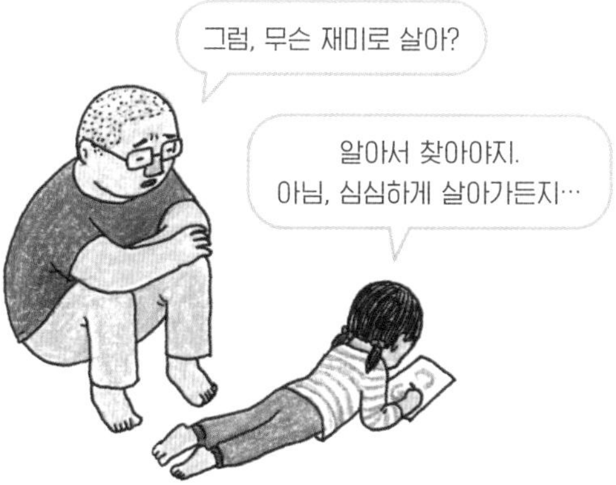
그럼, 무슨 재미로 살아?
알아서 찾아야지.
아님, 심심하게 살아가든지…

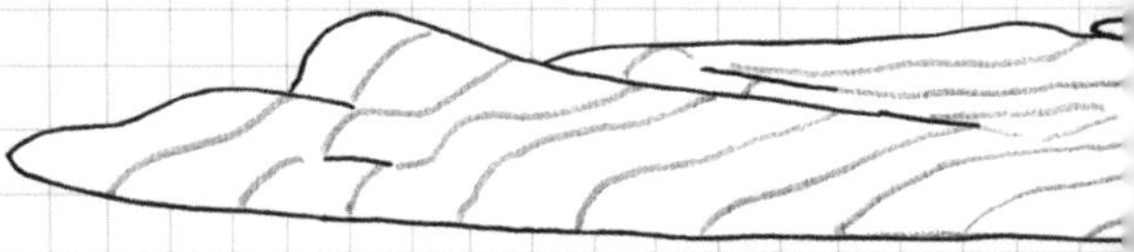

등 긁어 줄까?

언제까지나

아빠가
읽어 줄까?
왜?
내가 읽을게.

그… 그래.

손을 잡을 때 가끔
이렇게 컸었나 느껴질 때가 있다.
그럴 때면 이 아이가 언제까지 내 손을 잡아 줄까
하는 생각으로까지 이어진다.

내가
긁어 줄까?
그럴래?

시원하지?
응!

아빠, 있잖아~

함께 오늘을 그린다는 것

↳ 그림책 작가 이석구의 매일매일 아빠 되기

1판 1쇄 2021년 5월 24일 | **1판 2쇄** 2021년 10월 11일
지은이 이석구 | **책임편집** 엄희정 | **편집** 원선화 이복희 | **디자인** 이지인
마케팅 정민호 박보람 김수현 | **홍보** 김희숙 함유지 김현지 이소정 이미희
제작 강신은 김동욱 임현식 | **제작처** 영신사
펴낸곳 (주)문학동네 | **펴낸이** 염현숙
출판등록 1993년 10월 22일 제406-2003-000045호
주소 10881 경기도 파주시 회동길 210 | **전자우편** kids@munhak.com
홈페이지 www.munhak.com | **카페** cafe.naver.com/mhdn
북클럽 bookclubmunhak.com | **트위터** @kidsmunhak
인스타그램 @kidsmunhak | **대표전화** (031)955-8888
팩스 (031)955-8855 | **문의전화** (031)955-8895(마케팅) (02)3144-3236(편집)
ISBN 978-89-546-7975-6 03810